劉曉頤 著

來我裙子裡點菸

【總序】臺灣詩學吹鼓吹詩人叢書出版緣起

蘇紹連

「臺灣詩學季刊雜誌社」創辦於一九九二年十二月六日，這是臺灣詩壇上一個歷史性的日子，這個日子開啟了臺灣詩學時代的來臨。《臺灣詩學季刊》在前後任社長向明和李瑞騰的帶領下，經歷了兩位主編白靈、蕭蕭，至二〇〇二年改版為《臺灣詩學學刊》，由鄭慧如主編，以學術論文為主，附刊詩作。二〇〇三年六月十一日設立「吹鼓吹詩論壇」網站，從此，一個大型的詩論壇終於在臺灣誕生了。二〇〇五年九月增加《臺灣詩學・吹鼓吹詩論壇》刊物，由蘇紹連主編。《臺灣詩學》以雙刊物形態創詩壇之舉，同時出版學術面的評論詩學，及以詩創作為主的刊物。

「吹鼓吹詩論壇」網站定位為新世代新勢力的網路詩社群，並以「詩腸鼓吹，吹響詩號，鼓動詩潮」十二字為論壇主旨，典出自於唐朝・馮贄《雲仙雜記・二、俗耳針砭，詩腸鼓吹》：「戴顒春日攜雙柑斗酒，人問何之，曰：『往聽黃鸝聲，此俗耳針砭，詩腸鼓吹，汝知之乎？』」因黃鸝之聲悅耳動聽，可以發人清思，激發詩興，詩興的激發必須砭去俗思，代以雅興。論壇的名稱「吹鼓吹」三字響亮，而且論壇主旨旗幟鮮明，立即驚動了網路詩界。

「吹鼓吹詩論壇」網站在臺灣網路執詩界牛耳是不爭的事實，詩的創作者或讀者們競相加入論壇為會員，除於論壇發表詩作、賞評回覆外，更有擔任版主者參與論壇版務的工作，一起推動論壇的輪子，繼續邁向更為寬廣的網路詩創作及交流場域。在這之中，有許多潛質優異的詩人逐漸浮現出來，他們的詩作散發耀眼的光芒，深受詩壇前輩們的矚目，諸如鯨向海、楊佳嫻、林德俊、陳思嫻、李長青、羅浩原、然靈、阿米、陳牧宏、羅毓嘉、林禹瑄……等人，都曾是「吹鼓吹詩論壇」的版主，他們現今已是能獨當一面的新世代頂尖詩人。

「吹鼓吹詩論壇」網站除了提供像是詩壇的「星光大道」或「超級偶像」發表平臺，讓許多新人展現詩藝外，還把優秀詩作集結為「年度論壇詩選」於平面媒體刊登，以此留下珍貴的網路詩歷史資料。二〇〇九年起，更進一步訂立「臺灣詩學吹鼓吹詩人叢書」方案，鼓勵在「吹鼓吹詩論壇」創作優異的詩人，出版其個人詩集，期與「臺灣詩學」的宗旨「挖深織廣，詩寫臺灣經驗；剖情析采，論說現代詩學」站在同一高度，留下創作的成果。此一方案幸得「秀威資訊科技有限公司」應允，而得以實現。今後，「臺灣詩學季刊雜誌社」將戮力於此項方案的進行，每半年甄選一至三位臺灣最優秀的新世代詩人出版詩集，以細水長流的方式，三年、五年，甚至十年之後，這套「詩人叢書」累計無數本詩集，將是臺灣詩壇在二十一世紀中一套堅強而整齊的詩人叢書，也將見證臺灣詩史上這段期間新世代詩人的成長及詩風的建立。

若此，我們的詩壇必然能夠再創現代詩的盛唐時代！讓我們殷切期待吧。

二〇一四年一月修訂

【名家推薦語】

向陽　詩人，臺北教育大學臺灣文化研究所教授

劉曉頤的詩，充滿奇詭的想像，她長於使用感官意象和語言，營造出曖昧、纏綿且渾沌的詩想世界。這本詩集寫出了一個自主的女性的聲音和話語。

宇文正　作家，聯合報副刊主任

曉頤的這本《來我裙子裡點菸》，走出柔美的春天，意象趨向華麗詭異，設色穠妙，如讀李賀詩；字詞肆意滑翔星河，有時降落頹牆邊，廢墟裡，冰刃上，但收服翅翼時，又往往抖落柔和的月光，柑橘的芳香，餘韻無窮。

伊格言　小說家，國立臺北藝術大學講師

我喜歡那些劉曉頤詩中那些層巒疊嶂的意象：「遙迢之雪」、「追緝之雪」；詩人自己筆下的鏗鏘珠玉，「我已為你抄寫雪聲」——對於那些寒冷中的星夜之火，〈孩子，我為你關閉時代——致曼德爾施塔姆〉中涉及的，對詩的執迷以及對險惡極權的控訴，手無寸鐵抵抗著時代的邪佞，以及因之而導致的遺忘——一切如此美麗溫柔，「整個動盪的時代只擰出一滴淚」，落雪般擲地無聲。我也喜歡她的情詩，愛如此危險、脆弱而甜蜜，因為「差點，就不是了」。而在愛情中，儘管「我們只有一片草坪可以流亡」，但如果有愛，或許，可能，一片草坪也就夠了——不僅於此，還可以撒嬌，傾側依偎於戀人的胸膛，「請你支持我苟活」。僅是詩題僅如此美麗，遑論詩句：「自從被撈起，往後都是餘生」……

這是一本令人重燃對詩與愛的信仰的詩集。

辛牧　詩人，創世紀詩社總編輯

有人問我，昨天的劉曉頤和今天的劉曉頤有什麼不同？昨天的劉曉頤的詩顯得有點生澀，但她在經歷一些詩研會及詩活動之後有長足的進化，語言精練，詩意與意象飽滿，令人驚艷，值得期待。

孫梓評　詩人，自由副刊主編

劉曉頤是病於美的：一絲金線在手中，勾起情緒便開始織縫，忽然就有了宛似亂針繡般的奇花。或許有時我們很難在她的詩中看出明確圖案，說不出曲譜高低，卻觸摸得到那線的聲音與溫度，有時切切，有時囁囁，有時珊瑚有時艾草，有時冰有時燙。

除了享受她流動無拘的奇想，動情的敘述與句型的謹慎安排，我還喜歡這些藉由名詞堆砌、打造的非現實陽臺，比「自己的房間」延伸出一段手臂，又還觸摸不到真實世界，像是遙眺無數火山運動，而心的陣痛，押著相同韻腳，因而詩中角色都顯得非常可疑，不確定是詩人的自導自演，還是霸道地統治著所有？

除了向前行者或諸多文本的種種致敬，我最驚異的，應當是詩集中的女性自覺。一如同名詩作〈來我裙子裡點菸〉，那形而上的裙子，想像中有如圓傘撐開，劉曉頤可能會更勤於塗換原本變形蟲的花色，但不妨礙任何想要點菸的人，到裙子裡，詩行間，燃燒一段有香氣的時間。

凌性傑　詩人，建國中學教師

從《春天人質》到《來我裙子裡點菸》，劉曉頤經歷的或許是一段神祕的冒險。她試圖將詩的疆界擴張出去，一方面翻新書寫的語言，一方面用詩照亮自己的靈魂。更讓我佩服的是，她透過種種言說方式，讓存有與歌唱同時散發能量。《來我裙子裡點菸》裡的詩作質量與密度俱佳，透露了詩人的專注與勤奮，劉曉頤用一種更完整、更有結構的方式去呈現詩集，在一首詩與另一首詩、一輯與另一輯之間形成對話，於是整本詩集讀起來是飽滿而豐富的。即便書寫疾病或廢墟，猶然帶有幾分澄澈的機智，適時調節了語氣、收束了情感。

除了現實生活的感悟，詩集中亦有不少作品觸及哲學辯證。當劉曉頤探索光陰的問題，「時間的玫瑰雨」、「時間的默劇」紛紛來到我眼前。一切時光流轉正如她所說的：「言說之外，天仍會亮。」我非常喜歡詩集裡那種一無所懼的果敢，詩人極力探勘幽暗意識，並且為自己找到一絲光亮，且不吝將這份光照傳遞給讀詩的人。因為這樣，我總覺得劉曉頤的詩是對世界的祝福。

在國外遭逢暴風雪，我第一次感受到旅行的困頓，幸虧有《來我裙子裡點菸》的樣稿陪著我踏著雪泥前進。我要為曉頤祝福，持續擁有書寫的能量，在言語中迎向更好的未來。

陳義芝　詩人，臺灣師範大學教授

二〇一七年我在眾多詩的寫手中，發現劉曉頤詩風的獨特，《來我裙子裡點菸》堪稱代表作——她以豐饒的語彙，裸情的肢體，表現生存失重感；烘托記憶光影，塑造雙關義的挑逗，看似浮想聯翩，實則詭祕設計——讀者穿行於陌生、迷人卻又危險的詩行間，強烈感受到女性的入骨之愛，屬於新世紀詩人的深情告白。

張堃　詩人，創世紀詩社海外顧問

劉曉頤是新世代的女詩人，給我的最初印象是活潑、溫柔和親切的綜合形貌，近年來在臺北詩壇頗為活躍。更深一層地接觸她的詩之後，始知詩裡頻頻探問世界，以女性特有的纖細視角省視自己，也照看世間諸相，字句中含藏了許多生命複雜、矛盾的質素，點點滴滴生活的苦樂，通過她抒情的筆觸，撥顫了讀者的心弦。

詩是一種創造，而詩中的語言更是絕對的創造。詩題也許像是西裝袖口上的扣子，並非重要，但是讀者一旦看過劉式題目即印象深刻，又如在新詩集《來我裙子裡點菸》裡的〈太美的詩即將成災〉、〈請你支持我苟活〉、〈毛毯上的小太陽〉、〈來我裙子裡點菸〉和〈我們在滂沱的黑暗裡相認〉……等等不勝枚舉，相信過目後忘也忘不了。詩題都如此講究，挖空心思，她對詩整體完美演出的要求，就不在話下了。

劉曉頤的詩大體上有二個主軸：夢幻的祕境和真實生活的酸甜苦辣、哀傷和歡樂，而永恆的題旨——「愛」有形或超現實地貫穿其間。她是繆斯鍾愛的女兒，用自己小精靈般的抒情方式，試圖完成自我風格的定位。

葉莎 詩人，乾坤詩社總編輯

劉曉頤寫詩，步履似薄霧，懷中自有其劍法，看似迷離莫測，又見凝聚的瞬間，彷彿是一種水生植物不停蔓延，輕易佔據讀者心中的池子，灼灼其華。

嚴忠政　詩人，第二天文創執行長

面對鏽蝕的月光，女詩人以自己的力學，展現了倒敘的能力。管它（文學）已經到了不祥的黃昏，管它（時間）是一陣抵達泥淖的雨，她的文字還是可以在沙漏裡跳舞。跳著，跳著，就有了革命的暗語、旋舞的貨幣，或者打火石，用來與讀者交換「逆轉」的契機。然後相互應許，相信，銀河的水聲已經來到了副歌，只要讀完這本詩集，讀完每個生活中的校對與折返，我們將知道：詩歌其實就是我們自己的唇形。

（以上按照姓氏筆畫順序排列）

【推薦序】裙襬裡的顛覆與創新

詩人，野薑花詩社副社長　靈歌

繼首部詩集《春天人質》之後，才一年多，劉曉頤以噴泉的速度再度描繪彩虹。第二部詩集《來我裙子裡點菸》，正逐步建立起曉頤式獨特的語言，那些不似人間的意象，就這麼自然的花開遍野。奇花異卉，或者從所未見的美麗又美味的蕈菇。

也許你覺得繁複，又或者太夢幻華麗。這些詩卻以多色的複瓣開了口。〈差點，就不是了〉：「差點，會翻譯雪聲的花貓／也要失語」。詩題比詩集的書名更不具象，卻飄浮如空白的天燈，你許的願望還來不及書寫就已高飛。但是，「會翻譯雪聲的花貓」這麼令人驚奇的句子，卻如初雪般冷豔。

這是第一節，讀著詩句，你不禁開始搖晃，卻只是穿越的開始，穿越這樣的第二節：「你的九月是一種穿越／哭泣的火車駛過暗中換取的山洞／車窗交疊流動的燈／和眼睛，如并刀直抵十二月」。最後這句「并刀」將九月的秋砍進十二月的冬，呼應第一節的鋪設，真是亮點。之後的「我向天空敞開圓裙／身體時而芒花，時而金急雨」，以及最後一節「然後睡成幻燈片裡的煙火／忽明忽暗／我就有了旋轉燈罩的快樂」。這些句子都是神來之筆，曉頤天馬行空的意象拉弧成銀河。

與詩集同名的〈來我裙子裡點菸〉這首詩，得到第十一屆葉紅女性詩獎，讀這些在太陽下噴墨在黑水溝裡營火的句子：「水母般的流亡和跳舞後／擁緊我骨折的身軀」。裙子是柔軟飄忽又誘惑的，適合水母般的跳舞，誘惑水母流亡。「骨折」二字真是太奇特又精準了，曉頤的文字功力，常常這樣迸出光芒。有甚麼比全身骨折的身軀更柔軟如水母？這一節最後跳躍到「從石頭中抽出一絲腹語／你問，我們還有餘生嗎」，石頭中的腹語不免聯想到「海枯石爛」，你說，這古老的誓言，還有餘生嗎？「去愛皮膚觸感上的守護幽靈／凡有香氣的，都像善良的鬼」。這一節這二句令人愛不釋手，皮膚觸感是敏銳的，守護精靈也是，這精靈又散發出香氣，皮膚上的香氣是香水了，有著香水味的鬼，不禁讓人想親近，而又守護著自己，當然善良。這些句子在轉折中忽隱忽現，光芒柔和又帶著香味。最後第二節最後一句來個回馬槍的驚艷：「變形蟲花色的裙子」。

在〈我們只有一片草坪可以流亡〉這首詩，許多草葉上滾動的露珠，在黑夜與白天的征途上熠熠生輝。流亡「可以無所肆忌地相愛、／翻滾，耽溺一次／雷雨後的抒情藍調」，這草坪是一張雙人床，除了翻滾與耽溺，還可以「我們只有一個羊圈可以說夢話／湊近耳朵，開根號」，「耳朵」接「開根號」的象形之美，真是令人讚嘆。以「我們只有」四個字的迴旋翻唱，「床」又翻成「花園」：「我們只有一座廢棄的古花園可以迷路／一張地圖可以安慰指腹動蕩的記憶／像輕輕收捲了日月」，還有「焦炭的指節」「撿著熟迷的慢板，像撿骨一樣／只有凹陷能讓存在的形狀浮凸」，這些句子都衝破夜幕而閃光，「凹陷」與「浮凸」的對照如此出色。整首詩只有二節，首節最後二行這麼出奇又大膽的收尾：「你謙遜的脖子如此奶油／嘗了就可以低調地去死」。第二節繼續奇詭莫測：「複數的，俄羅斯娃娃」、「史前魚裸泡」，而又記得循環前三行的手法：「一張床可以相愛，翻滾，泅泳」。

曉頤詩風的特色，就是大量使用獨特而創新的語詞，其中不少堪稱匪夷所思，卻又如此令人讚嘆。即使有少部分太過炫技，遭到幾位詩人批評為華而不實，跳躍太過，但曉頤虛心接受，正逐漸減少虛華增加樸實。雖然詩風的改變談何容易，但她依然按照自己的計畫一步步脫離又逐漸接近。〈太美的詩即將成災〉一詩，雖是針對創世紀詩雜誌「退稿信專輯」而創作的詩，看似對外，其實何嘗不是內省的心聲：「恕不錄用，你巫覡草藥房的字／血肉飽滿的音節，脆玻璃的標點／熱烈的蝴蝶排序隱含颶風／一種溽熱自花粉和胚乳間傳開」。指出投稿者的缺失也指出自己的檢討反省，而有如此的期許：「太美的詩即將成災——／你用升C小調的白茶花調和／因此顯得純潔、無害／句行間瓜果瀝液，滴下斑比鹿眼神」。這首二節的對比，讓人感受曉頤尋求改變的真誠，從華麗繁複與過度跳躍，回到「純潔、無害」堅定地發出「斑比鹿」天真純淨的「眼神」，讓我們期待。

再以〈殉情〉一詩為例，這些「句行間瓜果瀝液」的鮮甜，已逐漸接近自然：「小小的島／低著頭，頸根透出酒釀味／神情是整架葡萄串醉倒所提煉的鮮度」。不禁讓人想起李進文第一本詩集《一枚西班牙錢幣的自助旅行》中的風格：「曾經吉普賽和猶太人暗夜釀造的水果酒」、「一座島被森林，雲和鳥簡簡單單的佔領」、「濃濃的橘子香自瓜達拉哈拉山腳下直接探入我的窗口，撞上餐桌前一罐臺灣啤酒」。〈殉情〉詩中最後二節四行一樣亮眼：「太陽沉落在杯盞裡／月亮滲出甜蜜的血」、「啤酒花和篝火節之間／我選擇自焚」。

春天是最具色彩、最繁花似錦的季節，像曉頤詩風一樣繽紛華麗繁複，而細讀這本新詩集時，已過了上一本詩集《春天人質》的時節。那麼就從夏日出發，讀詩是眼睛與心靈的旅行。詩集裡大量使用太陽的意象，是軟太陽：〈白色加減法〉、〈毛毯上的小太陽〉、〈悖返的光熱〉、〈小林綠的革命〉、〈裸體的陽臺〉、〈鮭魚嫩粉的暑假〉。穿越〈霧抄〉，行經〈秋分小屋〉，〈一邊破碎一邊飛翔〉，最終抵達，面對寒冷的冬了。寒冷有時，是〈黑暗而溫暖的地方〉，跨越冬，又將循環至上一本詩集的春。當〈言說之外，天仍會亮〉，回到舊時的春，也只是為了〈你城邦的注視〉。

一路行旅，沿途記載斑斕的詩句：「你曾產生墜樓衝動的萬人星光劇院」、「用糖紙包裹斜陽側頸抹過的謎語」、「我摸索不到你的肋骨但無甚親暱」、「天琴座的弓弧是你巷口徘徊／花貓的背脊」、「故事留在／雨中的括弧」、「把夜晚削成可口的霜降薄片」、「雪花沒有韻腳」、「星空是妳頸上的絲巾是溪流環抱」、「迴旋曲般一圈又一圈的沙丘／像駝峰裡，月宮的織物綿密」、「晨雨是銀質的拆信刀」、「石榴面前／紅寶石唯有謙遜」、「火種之間口耳相傳：／只要想寫，每枝筆／都住著一個深情的巫祝」、「暮年之後，你的芒花路愈來愈長／我們的名字下雪了」。再看〈詩人論〉：「他抱著自己的／骨灰甕」、「她睡在白紙船裡／像在輕棺材裡淺眠」、「遠方有人曬棉被，烤石頭，撥脆弱的絃」、「讓一隻兀鷹慈悲——（如果你可以凝視得更遠、更邊陲——）」。以及另一首出色的〈毛毯上的小太陽〉：「向內迴旋是拱廊的美學／環狀廢墟，腹語術：夢中造人／生病的城垛長出笑渦／凝神，就看見／小太陽落在毛毯」。還有這首詩中我最喜歡的一句：「流星倉促點播的自選曲」。這些精彩的句子，證明曉頤的詩並非只是華麗。

詩集雖然只有六十二首詩，並不算多，但因為長詩和長組詩不少，讓詩集厚重扎實。集子裡共分四輯，第三輯的【毛毯上的小太陽】一如輯名般，有著愛的溫暖。這愛，跳脫男女之間的小愛，而是親情與人世間的大愛交織。〈老者的眼睛〉有這樣款款細密的句子：「倒映一點河流的靜脈／炊煙般纖細的心跳」、「流淌是黃昏／續炭是愛」。河流是靜脈，炊煙飄動彷如心跳。黃昏正是明暗接手光影換班的時刻，以流淌為意象，誰不嘆服？緊接的「續炭」二字，更令我讚嘆，黃昏之後是黑夜，是炭的顏色，而黑夜降臨大地，適時以愛接續，僅僅四字可以蘊藏如此巨大的神韻與埋線，且俱在〈老者的眼睛〉中。

你說，怎樣才是好詩？〈秋分小屋〉中：「秋分以後，我的小屋／是斜陽調色的藤編果籃」，秋分之後，即將轉冬，秋的黃紅燃燒即將寂滅為寒冬的白雪，「斜陽調色」四字多麼準確，而接續「藤編果籃」更非人間之筆，調與編的對照，秋收的果與冬藏的籃，這樣的傳神，沒有深刻的挖掘，匆匆朗讀豈非暴殄天物？而「晨光捲捲的，為陰影／和靜物，打上軟輪廓」，把晨光寫成捲捲的，真是厲害，因為捲而軟，因為軟而能流動，為陰影和靜物細細描繪曲線而突出立體的輪廓。

我喜歡輯二中的一首〈論思考〉，這首由二行及三行組成的詩，超過半數的段落都很創新又不突兀：「一圈又一圈迴旋狀脈搏／曾點燃誰的暗夜革命？」、「誰的骨灰貯放在鑲金邊附鏡的小粉盒裡／敷在笑起來像哭喪的臉上？」、「祂咧嘴笑，牙齒像白晃晃的水田／鷺鷥驚飛——軟珍珠斷線，散落」、「今夜，只不過死了一盞燈。／讓我們回到爐火前，討論輕與重／靈與肉／你的論述是劃過皮膚表層的冰刃」。脈搏隱隱跳動成了暗夜革命，骨灰的哭與粉盒的笑，這麼神奇的連結。咧嘴的牙齒像反光的白晃晃的水田，鷺鷥飛起成了斷線珍珠。死了燈才能回到爐火，爐火的搖晃，比燈穩定的照明，更適合討論輕與重／靈與肉的起伏辯證。論述的拿捏巧妙，像是劃過皮膚表層的冰刃。當你更深入的讀詩，就發現曉頤想像力之飛天與運用語詞的純熟及豐富，而不得不佩服。即使這麼多創新的詞彙與詩句，難免有少部分不是很精準，產生銜接上的斷差，但瑕不掩瑜，誰又能每首詩每一句都那麼恰到好處，又能創新從未有人寫過的詩句呢？

我再挑出最後第四輯中精彩的詩句：「一個詞，遠遠地呼喚／另一個詞，像小獸披著洞內微光／紡線來自太陽，如許神性」。紡線來自太陽真是太漂亮了，陽光遍灑，每一絲都紡織著溫暖大地。「詞的罅隙，脆弱的陷阱——」、「而那些溼，竟如花灑了」。詞的罅隙是陷阱。「那片草坪，那片彩繪玻璃／有她肋骨流出的音樂」。彩繪玻璃閃爍的光輝一如音樂，且流自肋骨。「寧靜的複瓣層層脆裂／迸著壁爐旁的松脂味」，寧靜可以複瓣呈現於感知，且層層脆裂。「放棄報復烏雲剪紙的月亮／委身於嘆息的線香／成為夜的細肩帶」。烏雲剪紙的月亮，委身於嘆息的線香，竟成為夜的細肩帶。唉，除了讚嘆還是讚嘆！

曉頤也擅長寫長組詩。在〈你城邦的注視〉中，佳句紛陳。詩境的鋪排，撲朔迷離，一如詩中出現二次的「魔術手指」般，中古世紀與現代，太陽月亮與火星，飛行器與紫流蘇，鏽鐘與花火劇場，黎明的藍、血液的紅，獸和峽谷與花的骨骼，骨灰罈與酒盞，身體的絲紘有洞，掌心溢開的樹又將掌心剖開窟窿……這些天外飛翔地底鑽出深海捲浪人間爆閃的語詞，層層推擠而來，壓迫讀詩者進出於夢幻迷離之境。喜歡曉頤和排斥的讀者呈現兩極，喜歡她的無限虛空落成繽紛詩句，那樣斜切而進突梯鑽破的驚喜；排斥她的認為夢幻不實又語境紛飛破碎，難以接近。

但是，無論如何，我為這些螢火於春夏之間的句子，而著迷：「因為流亡，所以哀矜／黃昏的垂憐經抹過／向日植株稚弱的頸椎」、「時間的割傷有毛邊書觸感／凍起來是水晶音樂」、「你清澈的慾望／使我迷霧哀愁的森林／長出小鹿眼睛」、「心口上的絕筆／花園裡的鏽鐘／後退中的花火劇場／用嘆息焚香」、「但月亮是邊城的情歌／可以瞬間擦亮的都有漆黑的身世」、「剝開星星的裝飾音剝開／花的骨骼還在發育」。讀詩的喜歡與否，並無損於詩，也無關作者。作者走到此處，心中早有定見，或許她會修正花葉扶疏異香撲鼻的小徑，而稍稍靠近大道，或許她會將大道裝飾成異香撲鼻。

最後，來讀詩集中最龐大的一首組詩，一百一十一行的長組詩〈我們在滂沱的黑暗裡相認〉。如果，我們順著組詩的順序前進，像走入狹長深邃的峽谷，不是行軍，而是愛麗絲夢遊仙境般的甜美神祕奇幻，我穿行文字的迷宮，撥霧掀簾，摘取藤蔓間的奇花異果呈現，或許，也可鋪陳出一路香氛襲人：1「她欹斜的閣樓是一格／黑汪汪水田，病的味道像很遠／很遠的黃昏炊火」。2「花色安靜地跳舞，和腐朽／美得令人屏息／在無法辨識的黑暗。」。3「悠悠撿拾的字塊／輕輕愛過一般漂流的鏽斑」、「我需要／抽掉一些芯和亮——」「按住裙襬的隱忍表情／彆扭起來／幾乎像病著一樣美」。4「黑暗裡，她的裙幅裡有鮮豔的鳥群／那麼滂沱的暗——」。5「她呼喚過的海——／游標還在閃爍／像發光的索引」、「在廢墟，唱戲，一個人補妝」。6「如果，病得再頹唐／再魔幻一點，我們／就會是黑色的光線、／黑色的流亡詞典／前世，再前世，我們從容放牧的詩經」。Ps. 7「做了一個夢。瓷的啞光、碎得／多麼圓潤——」、「她按住裙襬中的鳥群和流火」、「宛如神造萬物的第七日／我們終於／滂沱中認出彼此」。

曉頤創作的速度很快，近期偏向的組詩龐大磅礴又迷離，她說，開始練習褪下華麗的外衫，嘗試套入素樸的衣裙，希望久居大城，周旋於杯觥交錯彩妝粉影之後，也能在詩中出落淡雅清麗之貌。

我相信，她會練習節制和簡約，即使改變詩風困難異常，只要定下目標努力以赴，我相信，在下一本詩集，曉頤會給我們，濃淡相宜的作品，讓我們繼續在她的創作裡回味咀嚼又迷戀。

輯一　我們只有一片草坪可以流亡

輯二
搶救時間廢墟

輯三
毛毯上的小太陽

輯四
我們在滂沱的黑暗裡相認

輯一

我們只有一片草坪可以流亡

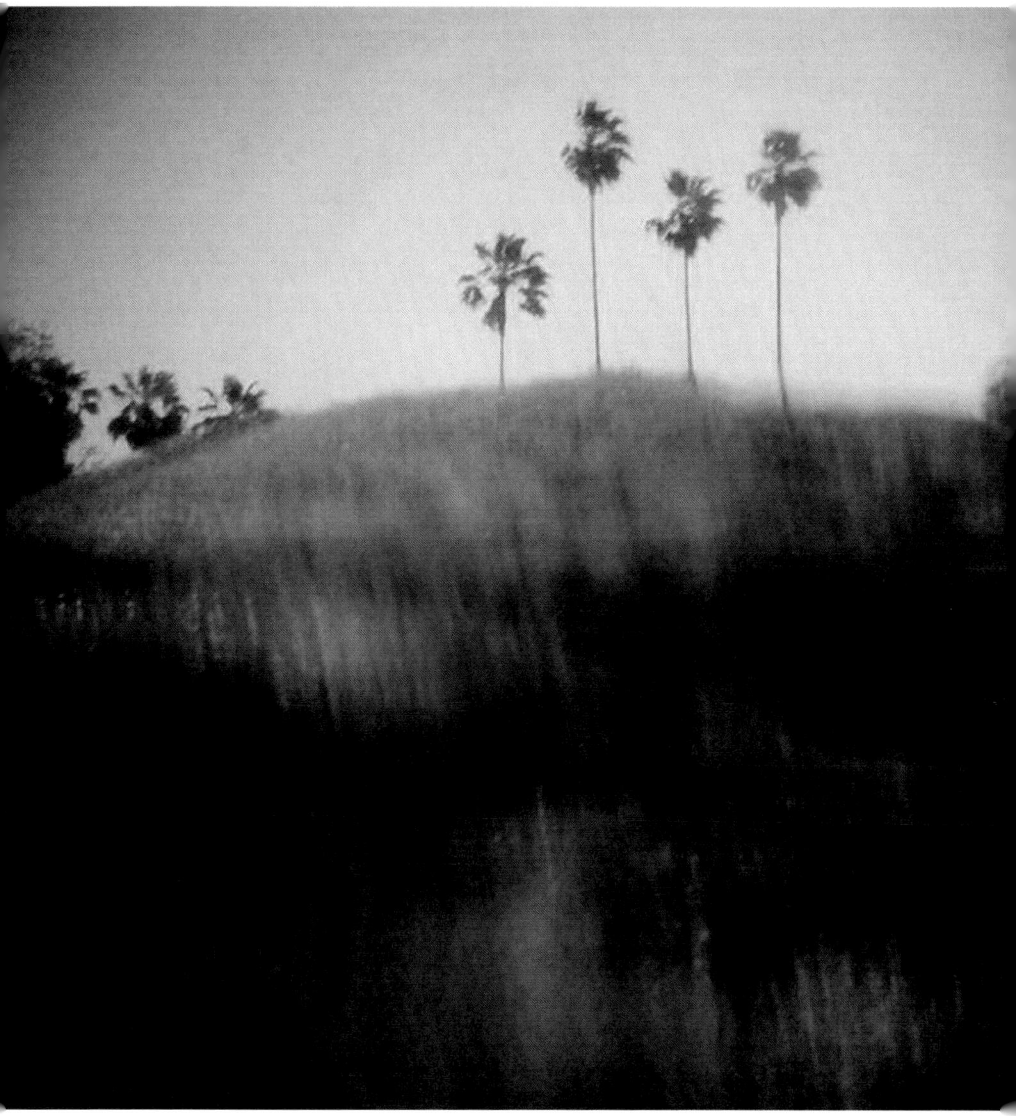

差點，就不是了

卡爾維諾：「差點，生命不能成其為生命，我們不能成為我們。」

差點，會翻譯雪聲的花貓
也要失語
你夜晚寫下的字
搖搖晃晃穿越詞語的月光
卻不能勾勒區區一個
抱著羊失眠的我

區區一個，我，環抱羊的頸項
聽你簌簌抄寫心經
疾病、乳房和月光一樣鏽綠
你的九月是一種穿越
哭泣的火車駛過暗中換取的山洞

車窗交疊流動的燈
和眼睛，如并刀直抵十二月
渾圓的冬日都要沒入疏淡不祥的感官
讓我們縞素
讓我們虔誠
默誦陰翳的蝴蝶連禱文

我向天空敞開圓裙
身體時而芒花，時而金急雨
我們的並立搖蕩如棉花田
何其不易，我快要
快快要是水銀四散的隱喻
你是蘑菇，放棄飛行的夢
我們清濁共治的肉體總偏執於潮溼

經過這麼久，何其不易
差點，你不是現在
骨肉勻整的
一個你

雪花的砌辭掂在手心
掐一朵，夾在裙褶
差點，你不是你，我也不是
我們的名字寫在羊皮紙上那就
不容易磨損了

你用指尖，收攏一束風雨
然後睡成幻燈片裡的煙火

忽明忽暗
我就有了旋轉燈罩的快樂

二〇一七年四月二十三日
自由副刊

來我裙子裡點菸

你靠著抽菸的牆
影子已經折疊得小小的
下起淡藍色雪花
我卻突然忘記寂寞的筆畫

風大了
來吧，來我裙子裡
再點一支菸

水母般的流亡和跳舞後
擁緊我骨折的身軀
卻怎麼也聽不到海心的血緣
從石頭中抽出一絲腹語
你問，我們還有餘生嗎

不如蹲成廢墟
去愛皮膚觸感上的守護幽靈
凡有香氣的，都像善良的鬼
白色的，都像天使衣襬
你攫緊一角

再次擁緊我的
骨折。還能有餘生嗎
稍早，你已經
抽出棉芯，說破了本質

月蝕，水母都醒了
你知道你擁抱的是
自己的軟弱。來吧，鑽入我
變形蟲花色的裙子

無論你想跳舞，或流亡
至少我可以掩護你
成功地點燃一支菸

二〇一六年六月

註：第十一屆葉紅女性詩獎得獎作品之一。

請你支持我苟活

苟活在堅實的杏仁核中
磷火閃過
真理的圍裙，黑夜鄉野的火車
我通透的普魯士藍心臟

苟活在低頭時，稚弱的頸椎
（搗碎一組脫殼的詞語）

無名指端枝椏的奮戰
嫩綠的血滴入黎明的渴
黃昏的圓酡
磨成晶屑，均勻灑進
廢棄教堂的野草堆
我撥開它，像溫柔地撥開一個亂世

遂有發亮小徑如肢體語言
通往私密的葡萄酒窖。我刻好了
橡木桶上那些隱喻
日常臺詞／果粒迸越的詭辯術

我行禮如儀，一個人
行酒令，讌賓客
用糖紙包裹
斜陽側頸抹過的謎語
長出玫瑰般小刺

用手掌捂熱——
戳印大小不一的傷口，伸向窗口
換取飼草，我榨欄裡的乳牛
喜歡星光斑駁而尚未懂得愛

我胸口的頹牆。你
支持我在這裡苟活
用體內的碎玻璃和花香
交換不祥的黃昏

波爾，現在你是我最後的力學
你是我
最後一杯
鏽斑的雨聲

二〇一七年三月二十六日
聯合報副刊

註：末段的「波爾」為力學之父。

語言的窗牖之間

里爾克：「我們的存有就是歌唱。」

1

我們相遇，在孵著小月亮的乳白枝梢
半尺，雪的部首，掩護被暗殺的詞彙
隔著舒開的羊皮卷
你只能擁有我半壁夜色的維度

來，就我的手，你能汲飲三滴天河的水
來，吃我手腕上的胎記，那裡有最裸的火苗
那些，都像可揉碎的紫羅蘭骨骼
你不在裡面。像在含鐵量充足的櫻桃園

我們相遇，以長久累積的暈眩
彼此招呼。但你還蹲坐於陰影畫圈

像被罷黜的少年君王　低首
絞著一首黑色的歌

家國是你手握的一縷煙，眼睛裡禁錮的紙鳶
躍起瞬間消逸了形廓的水鹿
如今你只思念
那名早夭宮女
嬰兒肥面頰的緋紅　透明地　穿透你手指
你喃喃說，「君王掩面呼不得——」

（沙地上，一遍遍複寫——
每一遍都加上「——」）

思念如　就著天光
刎頸——

2

語言若隱若現的窗牖間
我們都只是雪花的手勢，稍縱即逝
但你還學那宮女，剔著燈花
像被罷黜的少年君王
徘徊於宣紙畫軸收束中的未央宮迴廊

一併，收捲起來吧
可捲式迴廊的悲劇

名曰：「君王掩面呼不得」
（必須去除「——」）

最後一行，行動藝術的抵抗
近乎紫禁城的遺書
書寫前提：你必須安睡在胡陶核裡，寸寸縮小
為了一次無法抵達終極的叛變

為了寓言一座即將開滿山茶的廢墟
為了雪，為了遺忘的藝術
為了噼啪眨著翅膀的文字精靈，為了再生
天問，召魂，也許為了：

緩慢。

3

活著為了緩慢，經過山洞，為了
天光列車的鈴聲裡，一瞬又一瞬微小的死亡
洞裡洞外，勞作和唱歌
為了燃燒的穀粒，陽光的橘披肩

請你，到我這裡。和我並立
彼此招呼，以暈眩
然後我們只要並立
什麼也不做。在我重心不穩，搖搖晃晃的玉米田
我舒躺的紫羅蘭駭片堆
它們紫色的眼睛死了又死，像星星

用你曾欲自刎的冰刃
輕輕劃過
天光的水紗簾肌膚、
微燙，滑膩的頸項
　　無血。無憎。無償贖。

到我這裡
我的玻璃乳房有黑色的愛
且，即將天亮

二〇一七年九月二十日
創世紀詩雜誌一九三期

詞裡盛放的愛情

靜止之後，還有化石聆聽你。
還有微笑般的紋縫濺越水花
弧度來自遠古陽光中的蝴蝶
你說，可以封緘了

天空是大片迷惑的軟玻璃
不時滴落，一種邊塞的芙蒽藍憂鬱
等待一雙柔暖的手掌來承接
即使太陽，也惑於側臉過後
黑子游離外的白色陰影

青銅時代的雨下到現在
淋溼你意欲書寫的絲袍和樂器、
叛變的葡萄串，豆莢上的微光
途經的飛行物也許曾為此留停

而又微笑地飛走。
你布爾喬亞的眉骨總是波巒
流浪的欲望，混搭一顆茴香種子的信仰
且容，野放的名字撥彈無調性草原
靜止之後，還有化石聆聽你：
詞裡盛放的愛情
眨動薰衣草紫色的眼睛

二〇一七年十月六日
野薑花詩集二十三期

名字的流速

感官熄滅前，請你
為自己旋下一顆珍愛的琥珀
像諸神嬉戲時散落的糖果
攏在大地的心上

那些劃過你嗆芥末般
淚眼與風景的流變
青絲袍上書寫的滑速
夜窗前，快要形散的泥馬白翅翼

麵粉貨車駛向切割中的田野
撞上另一輛運火的馬車
如何迅疾　何似孩子幽靈般的穿透
那物理與心理的速度和
之間的關係

時間核裡的淚滴隨山巒的綿線而伏動
光速從未來流過來
林野中狂奔的龍涎花粉是

你名字的流速。

你在夏天的暱名，是野鴿
　穿越玻璃帷幕——
　　飛過芬芳的乳房，忽又飛成
　　　冬天壁爐噼啪響著的柑苔香——
你渾身都是溼淋淋的時間
朝我走來，說，心底已經

蔚藍得漣漪都感覺到換氣
「自從被撈起，往後都是餘生。」

你用皮膚的觸覺，開啟一座
春暖的海濱
夜晚壓成薄薄的書籤
插入光之書
插入雪白杏花微小的綻裂聲
那裡，漂泊的黑靈魂近似透明鳥
暖氣氤氳的炊煙
並不憂傷

那些會飛的名字
是諸神嬉戲時散落的糖果

懷摭在大地的心上，任時間

瀝去成色，又濺越斑斑點點淋漓的淚光

——就有了亙古星空。

二〇一八年一月二十九日

聯合報副刊

註：湯瑪斯・戴昆西散文〈英國油車〉：「目光的掃視，人類的思維，天使的翅膀，其中哪一項的速度足以在問題與答案之間掃描，並加以區別？那油車雷霆萬鈞地撲向那試圖逃開的小馬車，其速度比光趕上光線的腳步更難以區辨。」

彈孔裡的夢

我們搖蕩的馬戲班行伍
微小地發光
玻璃韻腳
哀傷大於十一月革命

去年胡陶殼裡的笑聲
被彩虹帶走
獲釋的冬日，我露出肩胛骨的雪

一切如此合宜
宜於背窗，燃爐，為彼此捲菸

最最重要的是
數數對方的彈孔，你數我的，我數你
不用敷藥，來，我們
鑽進去。下墜。如果

你是瀝青，我是多感的頹垣
複寫又複寫
坍方又坍方

如果你是烏克麗麗
我就是寶貝的桑青

你是虛構的雪，日光中的琴聲
我是森林沿途飄落
千瘡百孔的字

數我已填平的彈疤，像
晨光中為我畫眉。好了
來，換我，為你把槍枝上膛
像個——果敢的未亡人

炸開窄仄的通道
夕暮枯瘦的稻禾
舔自己的骨。我們鑽入彼此的彈孔走進
業已荒涼的戰場，下墜
睡成煙火，劃過臟器

身體如彩繪玻璃一格格
亮起你是
飛馬馳過暗夜
我是延燒的翅膀

二〇一六年十二月
乾坤詩刊八十一期

微小的間距

微小的荊豆和綠松石之間
相望的兩點座標
像暗夜拓碑
互文之間編織金黃色鄉愁

暖流混沌之前，你不自知的渴望
逗點著一種悖論。日復一日
做夢，讀書，和生活，螺旋階梯迴繞的語法
偶爾拍動飛行槳
搧過淺沙堆，水杯，薄荷植株

沙沙。叮叮。你聽。生活安安靜靜
你說，讀不懂時間之書
蝴蝶頁會飛，扉頁是史前之雨，而終章
許是靜脈升起的香醇小米酒

靜脈升起一隻濕淋淋的貓
冬天無性繁殖成更多素白的面孔
而回憶穿著雪靴走來
詞語的皺褶升起孩童泡泡

邊走邊吹。我來。
距離你耳廓3釐米，呵氣——

3釐米間，有流動的南瓜燈眼睛
O字形唇語，做柔軟體操的沙漏
雪。雪。雪。捲起來的星圖，字的蕾蕊和蜂巢

我淡金色的禱詞，升起又降落
你的倒數年華滴滴答答

時間的鄉愁悖論，我的裸睡我的熊抱枕
你寵愛的薄荷葉。你灌溉的蜜你的矛盾
與安安靜靜。

二〇一七年十一月二十三日
吹鼓吹詩論壇三十一號

我們只有一片草坪可以流亡

我們只有一片草坪可以流亡
可以無所肆忌地相愛、
翻滾，耽溺一次
雷雨後的抒情藍調
我們只有一個羊圈可以說夢話
湊近耳朵，開根號
彈唱琴湯尼的變奏
我們只有一座廢棄的古花園可以迷路
一張地圖可以安慰指腹動宕的記憶
像輕輕收捲了日月
我們只有一顆星星可以瞄準，去殲滅
Wipe Out，Out，只有
焦炭的指節足以指認
我們在煙火焚毀前的櫻花小鎮
眩惑於光速，忽前

忽後、閃爍不定
撿著熟迷的慢板，像撿骨一樣
只有凹陷能讓存在的形狀浮凸
玲瓏，滑膩
一如此刻
你謙遜的脖子如此奶油
嘗了就可以低調地去死

從來我們只剩一雙會痛的眼睛
可以去流浪，去被撞擊
不能承受的都很輕
像水滴形的砲彈
我們唉至少還是
複數的，俄羅斯娃娃，甜美的：
我們只剩

一雙沉默的眼睛可以去流亡
一張床可以相愛，翻滾，泅泳
像史前魚裸泡在此刻我們
即將過去了的
故事

二〇一六年十一月二十五日
聯合報副刊

太美的詩即將成災

恕不錄用，你巫覡草藥房的字
血肉飽滿的音節，脆玻璃的標點
熱烈的蝴蝶排序隱含颶風
一種溽熱自花粉和胚乳間傳開

太美的詩即將成災——
你用升C小調的白茶花調和
因此顯得純潔、無害
句行間瓜果瀝液，滴下斑比鹿眼神

本刊預見，小獸瀕死時無悔的甜
一滴生前的慾望長出犄角
因你肢體的獨白
虹雨如斷橋，濺溼歌劇院篝火

音色醇厚的薩克斯風開出夕陽
你想挽留末日的河流
但本刊預知，太美的詩即將成災
大作恕不錄用

二〇一七年三月九日
創世紀詩雜誌一九一期

青春期徒勞預知

那年，正值青春期的松鼠
紛紛放棄可愛的小事
模仿蕈菇的驕傲
不再交頭接耳了
用尾巴旋轉波爾多無伴奏的雨

前世紀的黑很遠，但能
預知美好的徒勞
或許我能蜷伏在一只希臘甕裡
聽影子，手無寸鐵地遊行

我能旋轉火的腰弧像旋轉你
劈開你的聲音像劈柴
斜面剖開的星星

將陶塑你日漸傾圮的語言
希望卻如冬日初坯

那時，小馬車搖晃十四行詩
倒背如流如旋轉的夜露
炭盆上烤著三月
我摸索不到你的肋骨但無甚親暱
沒有火種，看不到體內的棉芯
卻可以自燃，甚至可以
選個安息日
盈盈好聽地爆炸

二〇一七年三月
創世紀詩雜誌一九一期

但流言多麼快樂

朦朧之鳥，每片分岔的羽毛尖梢
在曙光的金燦織物上
戳刺我和太陽之間的默契：
曾經，我的乳房是浪，游曳悲欣交集的魚

一千扇門扉迴旋——
湧向墓碑，旋轉的幻燈片，迷迭香——

退潮到我望著你時
眉稜線閃過的迷你煙火

鳥羽是快樂到顫抖的字，旋轉
掃過時間的命題，我們身體反覆埃滅煙火的特洛伊
對拓，銅的字形，柴堆上

提琴手故意縱失的音節
偽裝成

心跳。

現在你知道了嗎黃昏是賊：
潛入我們體內，那橘紅的充盈是快漲溢的抑或
要消逝了。能擋風嗎。吸口氣。白鳶尾啜泣的味道
使草叢充滿流言——

一邊眨眼，一邊調笑
一邊傳到霧斑斑的山崗

他們說，曾有過珍珠母暖絲流
在我們之間——真的嗎？

何不讓我複寫自己的乳房
再戳印，暈色，像被懷舊之風雕刻過的古樅樹？
好嗎。找張紅撲撲的暖冬面頰
恣意拋擲自己的淚珠
要睡好。你聽好。如此才可以

破蛹。

白蛺蝶翅翼是撲朔的文本
每一瞬，閃現和拋擲
詞與物的悖反
但流言在時間邏輯上是多麼快樂的命題
鳥羽是快樂到顫抖的字

——旋轉的尖梢
擎起我們，每一粒稍縱即逝——

二〇一七年十一月八日
幼獅文藝二〇一八年二月號

殉情

當隼鷹死在冬日天空的懷抱
一首無人認領的牧歌
像星體漸漸旋落

昨天優雅宣布
死去的碑石
每個瞬息都旋轉七色虹彩
每道虹彩都拓印去年夏熱的南方小島
爛漫但含著羞澀
小小的島
低著頭，頸根透出酒釀味
神情是整架葡萄串醉倒所提煉的鮮度
太陽沉落在杯盞裡
月亮滲出甜蜜的血

啤酒花和篝火節之間
我選擇自焚

創世紀詩雜誌一九〇期
中華民國筆會英譯刊於《臺灣文譯》一八二期

途經

蘇紹連：「路過，是最美的動詞。」

不用停下來，不用
啄吻額頭，不用拓刻名字
當我們途經彼此
仰望的小水窪已經濺起
最美的動詞

天琴座的弓弧是你巷口徘徊
花貓的背脊，等待時
百無聊賴的燦爛
廢棄的遊樂場埋有深情的魚雷
如果縫隙是愛，魚苗就是
早於想念的想念。如果找到

午後陣雨投射在杜鵑花上的圓心
或許我們可以更安舒繞著
彼此舞踊，像一隻半透明
聊齋中飛出來的蛾

然而無妨。你經年撫觸
灰藍雨衣的指腹
優雅的傷疤形狀像你偏著頭
聆聽古褐膠卷裡的慢板
旋轉的奶泡咖啡和小狗尾巴
三圈再多一小截焦甜的捲邊

多像煙燼，像你憂愁時的嘴角
曾在暗夜中悸動的

煙花和碑石
污濁了，依然尊嚴的拉鋸

霧或虛線都無妨。不用
停下來，不用啄吻額頭
不用拓刻名字
故事留在
雨中的括弧

註：第五屆喜菡文學網詩獎作品。本詩向蘇紹連老師致敬。

你是我搖搖晃晃的山海經

找一個破敗的小城鎮去相愛
像牽手並躺於荒塚
沒有人追念，沒有鮮花
沒有居高臨下的禱詞
我們原是兩間相望卻不能相渡
綠瓦青石的廟宇，不能擁抱
木魚篤篤的超渡聲是穿石的滴淚
風，吹散，淚水流經
我低下來的肩胛
灑在你轉身時的脊背

發出秒針顫抖一下的聲音
只有一下。冰涼的。啪答
化為水煙——

找一個凋蔽的地方，寒傖地相愛
任野草漫過我們的頭
手會握得更緊
裊裊上升的荒煙是我們燠熱蒸發的靈魂
我們，像兩隻永遠停格在夏天的幽靈
發現了嗎？你前世曾寫詩一下午的小公園
流不出淚的雕像，每日，
甚至每刻，經歷再次的死亡

水晶芍藥的神情模糊
瘋長的枝椏縮回手臂
　　我們必須活著。

你是我靈魂大漠的偽政權
捨身卻又棄邦而去的領袖

叮鈴鈴駛過的天光列車——
汽笛聲中都是青鏽斑，像骨灰灑向春天
符封我們傾圮的朝代
（已逝而巨獸般凝視）
灰燼，有時多麼神似於愛
偶爾因冰雹而停駛，而憂傷靜止
空無一物的眼睛
偶爾回望是花瓣雨

你是血肉飽滿的聖稜線
抑或一道會渴的光？

（透明得
快要失去影子和汗漬——）

渾身彈孔，裡面貯滿雨水
你是我、筆墨無多
　　搖搖晃晃的一部山海經——

搖搖晃晃，腳步零蕪　你只需
留根羽毛，倒插我心臟。我們
只需找一個破落的小馬廄
鋪上空禾穀，寒傖地相愛
願。萬物。凋蔽。我們。一無所有。
像兩匹傷寒的馬
只廝守一個嚴冬

二〇一七年八月十二日
乾坤詩刊八十五期

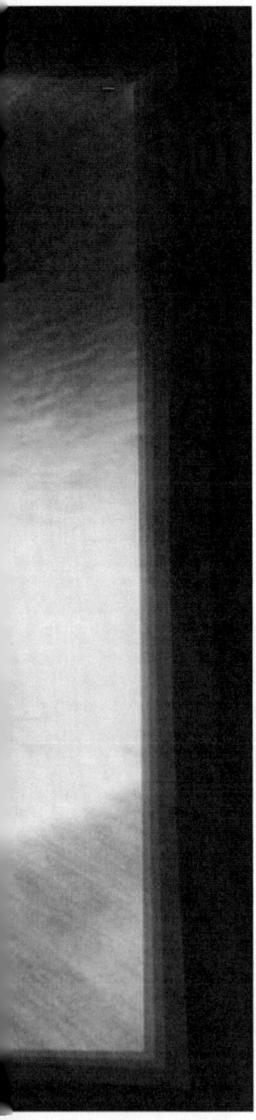

輯二

搶救時間廢墟

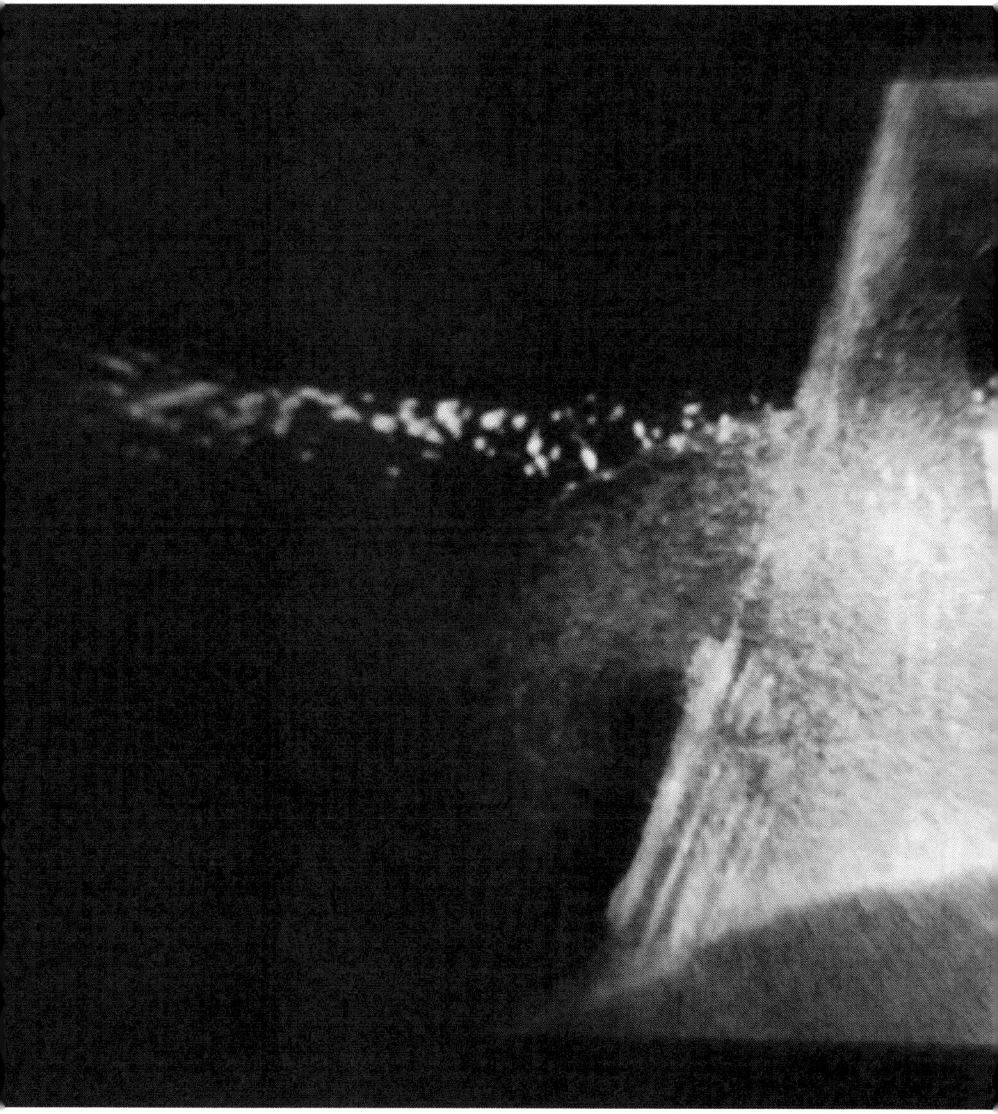

你點菸說愛，我呵欠

你棲居的那片雨霧
擁有許多短促但是
奮不顧身的虛線
漫天拖曳大大的水磨藍括弧

虛線的間隙推進我們
微不足道的個人演化史
革命暗語，旋舞的貨幣，打火石

暗夜，唱盤聲紋剔透地發芽
濺著詞語的水花
盈盈於耳，興致一來可以種綠豆
唱盤潮溼就化為斑馬

或乾脆趁虛而入
模仿蘑菇森林，更早於微物
聲納一隻作夢的抹香鯨

唉，我們總是如此嗜甜而矛盾
追隨長銀笛上的流水
後設派的龍涎香
對南瓜派的正義念茲在茲——

「舉凡唱盤皆不可信。」你說
跳針某一秒，指向
你曾產生墜樓衝動的萬人星光劇院
某一震顫化身
嚮往甜蜜生活的衣魚

或許，憂愁都是燈光害的
如此嗡嗡地徹夜不斷死去又復活
日記只能淺眠
安靜得可以聽見降落傘撐開
（或許，唯你不可信）

你總是過於華麗地離群索居
在行將夭折的島嶼上點菸，說愛。。。
。。我卻呵欠垂釣
金魚泡泡般飽滿的落日

二〇一七年五月二十六日
乾坤詩刊八十三期

那些還波浪著的，活著

茨維塔耶娃：「每個詩人都是猶太人。」

許是出於波浪著的
已逝山巒的渴望
黑桑葚的夜懷揣一滴淚
當冰刀切割天幕，夜色，漿汁瀝液了起來

你說，即使虛構的果核
也能祈願如雲母禱詞
半透明著長疋裹覆月光石的亞麻布
你說即使柴火堆裡，也有一個溫暖的鳥巢
即使病倦的太陽也會
飄舞淺橘色髮辮
至於大地間傳遞的落果，豈不是、
柴火間，一邊死去一邊眨眼的性愛？

任何形狀，都可以是心的容器
若有似無的氣味也可以是意義
顫動的波紋，愈朦朧愈精準得像
皺褶拉平的湖水紙張
像你曾在青瓷上做畫
身體是岸。你畫完，吹氣
就停泊了——

赭石還在凝凍的時間裡固守緘默
而波浪起伏的山巒是已逝者的愛
至今波動猶太人血液
流亡的詩，還活著。曙光來自暗夜懷裡珍愛的一滴淚
還波浪著，還活著。

二〇一七年十月二十一日
創世紀詩雜誌一九三期

雨聲是錯的，真的是……

也許發明雨聲只是
為了一雙需要撫慰的耳朵、
水雕的石頭印記
留停的側臉，書頁般翻動的睫毛

為了一種嗜美的誤讀為了，一隻
鍾情過後病了的鳥

即使貓咪和落日、時鐘之間
也可能充滿誤解
需要註釋，或調開注視
　你是貓咪還是班雅明？

也許，雨聲是錯的但
綰不住的霧景是真的

雨後，陽光烘焙的新鮮意志
玻璃絲的狐步和留停，或許都是錯的，霓彩是錯的
那輕踏過虹橋的
步履是真的不夠精實的泛青足踝是，我是——

戴在雨窗上的銀葉框邊，角度偏了
松針落下。你來
你來，也許只是為了

扎在腳心的微疼，那會是真的
宛如發明圖騰的始祖
曾用比古老水手更深的眼睛
夜間巡弋，漆黑中，沿途撒下烤雲酪記號
徒勞的鸚鵡螺紋，水的編年

總會有人循此而來
做相同的夢
偶爾，剪紙的月彎也會定溫，你知道
那些虔誠的神情是真的——
　　你指尖蓄滿無伴奏的
雨季和等——

幼獅文藝二〇一七年一月號

你在夜晚被偷走聽覺

盛裝蘋果綠酒的玻璃杯
微傾斜，轉動
淺琥珀偏綠的AM3點鐘

吞服一帖性感的輕傷風藥粉
亞麻桌布上三種水果
輪流被唱名點播

嗜睡的多邊形山巒
也顛倒了，何其不易
像是因為死過所以輕盈的魚天使
說熱帶語言，夢亞馬遜雨林
然後甘願，從描圖紙撕開
一半的夜晚微笑游出

從熟蘋果皮刨出的時間
彎曲了，何其不易
我們向銅鏽雕花的信箱借光
保持卑微，抄寫
多肉植物的莖蔓
宛如得以兌現一種優雅的背對
像背德的螺絲釘般被旋緊

我們背對彼此，慢條斯理
解開扣子，脫下影子
想念的時候佯裝失聰
體內小火車避開臥軌的人和兔子
奶油般的燈泡枯竭了

依然嚮往流浪的行伍、
勾針下的海

一邊行路，一邊編織
相信做夢的人，到春天
將沿山海線復活

而鷗鳥的途經，汽笛的注視
曠世的藍與清澈的謊
都有你
來不及掩耳就無辜遭竊的聽覺

最適合泡酒的原來不是
月光切片，是黑眼圈泛起漣漪
當想念佯裝失聰

當你用睡姿，細細勾勒
唉，何其不易的一個我

二〇一七年一月
幼獅文藝二〇一八年二月號

搶救時間廢墟

嬰兒蜷在廢墟裡安睡
劃過阿里涅乳房的流星雨
像印象派的母親
回頭懸掛
等在南方街心花園的 0.8 微秒夜色

黑蠟筆素描的善良幽靈
薄裙襬著火
瞬間回到剛出爐烤餅乾鮮脆度、
蜷曲的象形文字也著火了
火的孩子躡足走向
少艾期的母親。她投擲不出一封情書

裁下字塊，恍神，割傷手指
一滴血已凝成
日後哺育的愛

上漲一格。一格。一格。

她抱著童真的刻度
睡成一片靜脈青

贖回潮溼的石頭，撕毀的備忘箋
贖回駁裂前的笑聲
茴香，炊煙，古桉樹的切面
彷彿都已贖回
　死了又死的星光還在唱——

你相信那嬰兒在等
不只區區此刻的
懷抱和力道

不只被抱住奔馳而出
微秒間駛過紅翅膀馬車
搶救了一本寫滿煙霧的手工詩集
一只玻璃鞋般的韻腳
一脈介係詞鞋帶，殘存如嘆氣

時間被磁化，老相簿裡
生不逢時的雨點
一路碎裂，一路謝幕
你依然想從廢墟搶救殘留的晶屑
而嬰兒始終安睡。

二〇一七年五月二十六日
創世紀詩雜誌一九三期

被夜寵愛的方式

炊煙昏昏欲睡
半夢著嗆過硝土的肉桂焦甜
蝴蝶是閣樓的手語
煙圈是唇語
更想念時就成為煙囪

我們身懷神啟一般
完美削蘋果的絕技
把夜晚削成可口的霜降薄片

雪花沒有韻腳
只願在妳肩胛
軟軟溶化像抱住一樣
星空是妳頸上的絲巾是溪流環抱

然而為了妳的寧靜
忍住不唱歌

妳環抱煙圈妳被溪流環抱
妳被整個夜晚寵愛
圓潤地鼓脹
感覺滿盈
不動了，安謐，縮小——

即刻起，夜就是酡紅蘋果
以薄皮下全部的腴脆
多汁地環抱一枚小圓核

二〇一七年五月二十四日
人間福報副刊

被夜所愛的孤兒

偶爾我們，也有遺失身世的幻覺
當時間的爬藤捲起
城音的鄉愁
像手帕之於藍色刺繡的名字

我搓揉深海的歌劇，敲敲
琶音拔高處，魚群游曳
親吮體內漸漸硬化的邊境
有一天，我們又會是毛茸茸的了
正如此刻，我的倦意，是等待被擁抱的熊

曾被動盪的馬戲班丟失
連同一隻綻線的玩偶，多年之後
眼睛還會痠出淚。你洋蔥般

層層裹覆，薄脆但發光的心
看見線香花火的事：

始於緩慢的起手式
精靈坐在秒針上，斂起翅膀
摩天輪的玻璃窗起了球絮
在憂傷的眼睛弧形裡畫圓

是你出走你被丟失你直直地
走上整個夜晚的橋墩
那裡，棄置的手風琴沒有被撰述的意圖
沒有下雨，沒有紀念碑
可是緘默的聲音是溼的

從城南，到城北，你的流離
是盲人咿呀的歌謠
空茫眼神打溼我肋骨攀升的新月
被夜所愛的孤兒，只要還看得見黑色
你就是一千零一夜的遺族

二〇一七年五月二十五日
乾坤詩刊八十六期

昨天夢遊癖小抄

白夜，是戲法，還是行動藝術？
花貓窩在街角，用鬍鬚試音
失眠的裁信刀，啣著只切一半的毛邊夜遊
他們小規模抗議
狐疑有人偷走
昨天才結好的果實般母音

如果時間的紙迷宮攤平
牛奶白紋路也許就是中性書寫中的0度
不寐如你，書寫如雪花跳舞
：字與字之間的茉莉，松針，杏仁
細肩帶滑脫的介係詞
有時迷藏，有時行動藝術
有時搖搖晃晃組列成夢遊成癖的小抄

作弊也可以是一種浪漫
可惜活潑得不適合攜帶
可惜，爬滿仿舊式光暈和囈語的木梯
插上螺旋槳依然
反覆被戲法搬運，或佯裝甜蜜，無預警拆卸
繞不出一條曲折多情的街村

夜的果核，是你祕而不宣的小小傷口
你把昨天折疊得像說不出口的愛
小小的

二〇一七年六月一日
野薑花詩集二十二期

夢中牝馬

奔倦的牝馬，尾鬃是粉蠟筆粗線
從思鄉小徑，慢慢削入
曳動的時間草原
削入滴著淺藍色血液的夢

那麼疲倦，舒坦地
滲淚。從天空滴入靜脈
與靜脈的夢

滴答聲是古老草原的美學活動
夢著太陽有斑點的呼吸
蕪雜是透明的草
缺陷是琉璃眨眼的暗示

粉彩逐漸飽和，如白堊紀
不存在的笛聲。但馬群還在麥浪裡
夢著麵包樹，在永恆裡
不知道這是永恆，不知道原來
每一宿夜：

動物與人類都有微渺的永恆。
像堆疊的俄羅斯娃娃，每一格
儲滿眼淚與袖珍殞石
倒流笑聲，和著兩小茶匙麥粉

笑聲被眼淚漫漶，孩童眼中
最最圓滿的漣漪
最最歡樂的綠豆糕蒸籠煙霧

粉彩逐漸消褪，如末日的愛
那些缺陷都還在
夢中牝馬總是啃食最嫩的草心
夢中奔馳總是高速穿透自身蒸餾的葡萄紫
勞作的人不知自己兜售的是煙霧

但很滿足，就像
從道別後的火車輪軌聲中
聽見勻整的鼾聲

二〇一八年一月一日
中華日報副刊

註：波赫士：「我們知道動物會做夢……所以我們在夢中會有最古老的美學活動。」

星星密碼

夜放的植株娉婷旋轉
被誰擰亮？
莖裡抽出一絲虛無的變奏

睡眠的三拍楔子，自屋梁
垂懸而下，偷渡一枚自遠古遺留的碑石——
帶生命的游標，孕生搖籃的力量

胡桃殼的絨被下
軟骨動物般的楔文隨呼吸閃爍
一隻隻，都在灰塵裡睡著
都被古屋空氣裡的滑石粉安撫

日晷儀的45度角，洩露霧的曲線
妳衣襟流出凍過的冷藍

——沒有開始，也沒有結束
迴旋曲般一圈又一圈的沙丘
像駝峰裡，月光的織物綿密

晨間藍模擬過湖泊的淚，還想要尋找眼睛
晨雨是銀質的拆信刀
冰涼地裁開，黑語言的白蕾絲，飄泊的亮

時間的鎢絲和玳瑁，流星的曠世密碼
早已鎖進妳的直排水鑽髮夾

沙漠裡的桑葚是對眼淚的渴望
石榴面前
紅寶石唯有謙遜

二〇一七年十一月十六日
中華日報副刊

書寫傳說

夜的小馬車
以瑪奇朵烘焙的焦甜輪軌
搖晃天使精算的星河密度

河的心跳
是天空倒映的藍色血管
煙囪裡的糖果都在跳舞

啤酒節和火花之間
魔術時刻滴滴
答滴。。。白鋼琴都快要著火

火種之間口耳相傳：
只要想寫，每枝筆
都住著一個深情的巫祝

二〇一六年十一月

註：「第一屆野薑花詩獎」廣告詩，刊於野薑花詩集二十期。

白色加減法

白狐的腹語
白薄荷味烏克麗麗體腔的歡娛
白雪紛飛的索隱學

白巧克力色的暮年隘口
純得只有笑聲裡
倒流的啞光
你的名字怎麼聽都是白色

重獲自由之前，你必須
用全副感官去迷戀白色
你用筆蕊細細鏤刻臥冰的美學
一盎司的甜像脈搏
沒有一片屋瓦沒有
無名指傷口上顛倒的樹，晨昏

唉，我們紛紛的砌辭不盈一握
掂在手心，卻像愛

你闔上白琴蓋攤平白摺頁白色的疤
我們見面就環頸擁抱
發現什麼也不用多說

暮年之後，你的芒花路愈來愈長
我們的名字下雪了

二〇一七年二月

註：本詩為當代藝術大師紀宗仁「白色迷戀」系列畫作而作，標誌我們的情誼。詩畫並刊於野薑花詩集二十期「影像詩專輯」。

白，一無所懼

五月的天使白是消音的慶典
過早離席的孩子們在雲上慶生
跳踢踏舞
溫習羊水裡的甜蜜節奏

無垢的眼睛如果回望
山路就是雪的旅舍
他們的母親夢見天光中的彌留
手心一翻
朝空，接住桐花

夢遊的人也曾有一刻懸腕
懸起他們包紮成心形的繃帶
樹下抄寫果實的母音
多少陡峭的語言，就有多少回望

偶爾也會背著黑窗
燈罩下旋舞
像清晨白亞麻布上的糖果

桐花落下的時候
凍傷未癒的人隨時可能打盹
夢見天使的詞條
騰過火山的心口
五月開始，白得一無所懼

二〇一七年九月三日
中華日報副刊

為了一場手語

所有愛過的語言
在火的彌合前
都曾溼透地發芽
褪成夏末的描圖紙
曾易感接縫，穿透的光都瘖啞了
所有你曾縱失過的草寫簽名
鳥羽般紛落於
同一片草坪

離開自己用指腹
記憶的時間
從格律嚴謹的觸技派森林
到缺月時期的風弦琴大教堂
穿越迷魂懷舊的鹿角
不及剪裁枝節

收入水煙袋
把蒸餾過的雨聲對折
花苗般撒在左肩
栽植櫻草色的三月
離開有松香的風庭
即使蜂蜜色的六月也許不來……

我穿越有甜分的滄桑
僅只為了
來到這裡
看你悠緩地比劃一場手語

二〇一七年四月十日
有荷文學雜誌二十一期

時間的玫瑰雨

在你靈魂的南方
霧和炊煙不淘氣，不玩弄戲法
村莊低下肩線
桑青得低調而那麼性感

土窯小屋像天空素淨的遺容
唯一妝扮：
時間的玫瑰雨

漫天花瓣來自
沉默，灰塵，風沙，人性之惡
軟弱如小動物的惰與謊——
而花莖隱匿在土壤裡的光輝
像周身潔潤的妻子
她含笑，一身縞素

捻著棉麻線，梭織時間的手工藝
眷戀的太陽啊，它是小圓紡錘
恍惚時，刷淡的粉白適合流淌
你們還有堅硬的櫻桃籽

裡面，太陽的雌蕊
光與手工藝——織物是人性之惡的軟弱
疲憊中透出光輝

一部女體辭典，加普魯斯特
研成草藥湯，詞語消磁於最綿密的交榫處
不再依附淡赭金的飄浮磁粒
根脈或稼接物、水的詞性。

繡金線繞著昏昏欲睡的缺失
漸淡……你曉得，那是睡眠的楔子
夢裡笑聲有月牙形缺口
流亡的人，側身，
左手握住綿線的太陽。
你曉得，周身潔潤的妻子並不存在
笑聲的缺口同時括弧
冷淡和新鮮麥子

請，探去，小心翼翼——
你的手也許割傷，也許，鐮刀最甜的
帶血彎口是一抹揮別的笑
你會探到她正灑淚

轉身返往
無知的剎那——

二〇一七年七月二十八日
秋水詩刊一七五期

註：「棉線的太陽」出於流亡詩人策蘭，原作「棉質太陽」，代表光與手工藝的結合。

時間有邊界嗎

十二月流火豢養一頭青春期的鹿
跳躍瞬間，回歸幼年的水濱
白紗簾般，消弭時間的邊界
後現代的太陽
是輕悄悄的狐狸腹語

會做夢的動物都知道：
無人知曉的隱祕盛夏
鬱金香的身體為什麼自燃
哪一種天空襯景，令花剪魔術般停格
停格的秒數呢？

夜的脈搏瞬間點亮誰的記憶
又迅速失焦？
黃雀飛向熟金色的檸檬

誘引的淚酸錯覺一種蛋蜜汁的稠
沿虛線拉回的百里香絨毯上
顱頂學步的水梨是一枚神祕的關鍵字：

一旦破解，凡傷逝者
都能計算出雨中杜鵑的圓周率
從圓心，徒步走到太陽的雌蕊
他們深信黑子現象有櫻桃果核堅硬的甜
故此，寧可徒步而拒絕翅膀

他們相信，蟬聲博物館飛的都是時間
每個停頓都是微小的召魂
那傷逝的，隨流火而浮上嘴角
流質襯衫燃放一朵出岫的火焰

以肌膚錘測落日的精神重力
星星圓規呢，不妨視為放射性的虛線詞源
反正，他們習慣
把玻璃房搭建在黑色傷口上
內心珍藏的蛋殼
象徵性地散落於擺滿空椅子的堂廡

都布置好了，時間的默劇
滲出一滴淚，「演出是光與影的角力
謝幕是輝煌的落日，但演員都徒勞了」
唉，是誰還不肯抽離？存在乃是
完美無缺的但、是誰：

連綿斟下碎漣漪般的小圓洞
把架在炭盆上的黑版畫燙出
裂帛的聲響？

二〇一七年八月二十五日
歪仔歪　詩十五期

註：「存在乃是完美無缺的」為布列東語。

睡一部黑蕾絲文本

眠床與香爐之間
夜的性感帶
白日走失的字母都像失去磷粉的精靈
身負光的擦傷，半暈眩
依約到一個明室的刺點去相認

去睡一個雕在月亮上的名字
睡一根肋骨的荒涼、
石器時代的雨水與饑饉

睡一部不曾闔上的黑蕾絲文本
去睡
妻子般溫柔的空城

睡一顆乳房上的痣，曾點燃革命
再相認，也許已經老去，年復一年
閱讀，狩獵，霉味的典籍
夢獸的標本，還有什麼
容許帶上床、解讀甲骨？
但你還是睡，睡過黑亮的年輪
向內迴旋愛的語法
絞死一隻嗡鬧的蚊子
微弱，微弱的
脈搏劃開十字型，旋繞，賁發

像樂聲驟然轉弱，軍隊忘記行進方向
紅旗幟，沙的隱喻，舒伯特
都被大風吹走，倒退，張望
孩提時的血液，滴在秧苗上

發芽，甜稠近乎黑
思念的人剝開禾穀
千迴百轉地
剝
米粒在舌尖化開
像在13世紀的燈蛾前寬衣解帶

但你還眷戀著更遙遠的黑
比孩子眼睛更黑的文本
垂綴著蕾絲
你撩撥的烏托邦的手
撐開降落傘，從這個夢，到下一個
你抱緊自己的絕望下墜
你在風中，聽見特洛伊的馬鳴

嘶裂半個坡度的黎明
你放開手，去睡——
去睡一部不曾闔上的黑蕾絲文本
去睡
妻子般溫柔的空城

二〇一七年六月十五日
聲韻詩刊三十八期

論思考

現在你知道
你毛髮、血小板和骨質密度
複製的是人類學的設計嗎？

一圈又一圈迴旋狀脈搏
曾點燃誰的暗夜革命？

誰的骨灰貯放在鑲金邊附鏡的小粉盒裡
敷在笑起來像哭喪的臉上？

樹的年輪度規膨脹。白迷宮。白噪音。
令神發笑的思考毫不懈怠，渦狀淤積。
膨脹也是一種特技。

祂咧嘴笑，牙齒像白晃晃的水田
鷺鷥驚飛——軟珍珠斷線，散落

至有鏤花門環的廢墟。
漏夜，慌慌地扣響——

影子急切得比身體的存在還真
像人類學一樣毫不懈怠
但有些空洞是純粹的——

今夜，只不過死了一盞燈。
讓我們回到爐火前，討論輕與重／靈與肉
你的論述是劃過皮膚表層的冰刃

尖口微秒顫抖指向
非洲舞，瞬生瞬滅的地獄

二〇一七年八月
吹鼓吹詩論壇三十一號

詩人論

1

他抱著自己的
骨灰甕
漫遊在。高懸血罌粟旗幟的城市

淺淺的甕有天光流出——

僅一絲。像倒抽的血。更溫熱的
或冷卻的革命效應——
顛倒是黑子宮的星空

眾聲喧嘩，而夢過的
天使合唱總是

缺了一角。淺斟萊姆酒澆奠凍土
低頭喃喃，「妳是個啞巴。」

時間。從未來。高速反向流過來
拍擊此身流沙凹陷的央點

陰影中有銀魚苗殉節般的徵兆
天河撩亂，分不清自白的角色

2

她睡在白紙船裡
慢速漂流
像在輕棺材裡淺眠
順手拾遺一截霓彩折射的漂木

鬆手——天光裡，木屑灑落——
斑斕跳躍的啞
幾近於渴——不那麼精確的詞

腴脆的同義反覆
重組失節的列車，琴聲爛漫的胡同
忽高。忽低。忽長。忽短。隱居的
日子依然瞬忽，如果拋擲，如臨終之眼

只剩一道設問：
「你是彩虹——還是斷章——」

虹橋倒插身體——
從來從來無法俯視說話
任何。螻蟻。碎糖果。蛛巢小徑

從來從來無法
俯視說話。如果一一消失而只剩耳朵

3

如果你有。母音浮升的
迷迭香森林，無座標令人恍惚，未還魂呢已經聞到
遠方有人曬棉被，烤石頭，撥脆弱的絃
農地的傷痕是熱的
熱的。熱的。熱的透明的醉去

那些剝離的物事，殷殷回望
至死分不清
是原鄉或異托邦，且因回望
而足以容納：

冒煙的句號。熱蒸蒸的詞
飄升的紅熱汽球，懷舊的全景幻燈
或者更早，黑子宮的星空

你擁有，可徒步的母性銀河
你有煙囪飄出的鳥鳴，你有抽象派煙斗

畫出來
再反駁它

溫熱時代的縮影
讓一隻兀鷹
慈悲——（如果你可以凝視得更遠、
更邊陲——）

面孔朝後的生靈
流猶太原族的血液。他們。詩筆斷續的

針尖上的
活著

二〇一七年九月十三日
吹鼓吹詩論壇三十一號

註：尼采提出，詩人是面孔朝後的生靈，骨子裡始終且必須是移民。

你城邦的注視

1

「或許這是最後的盛世。」
你的悖逃已被
赦免以母性豐饒的身體

你曾施咒的
土地情歌
劈開魔術手指裡的時間

因為流亡，所以哀矜
黃昏的垂憐經抹過
向日植株稚弱的頸椎

你曾祝福的荒草
邊城流行的懺情語

我們醒在魔術手指畫出的
寓言、薰衣草香森林
風的茉莉複瓣
吹散一場公路電影
時間的割傷有毛邊書觸感
凍起來是水晶音樂

許多年，你習慣後肩胛骨鈍痛
翅膀倒插
偶爾錯覺它正在生長

2

你清澈的慾望
使我迷霧哀愁的森林
長出小鹿眼睛

3

如果夢遊，請走向我
像裸睡的犄角歧出風景
捨不得消滅中的鄉愁悖論
城邦的注視穿越我們
曾挽留的海

飛行器拍槳挺進
有窮無窮

紫流蘇的身體倒插匕首
你的悖逃
已免於其刑

心口上的絕筆
花園裡的鏽鐘
後退中的花火劇場
用嘆息焚香

你的時間
一襲玻璃質地颶風
性像城邦的注視般巨大
沉默之眼般慈悲

你在軟氣流裡
發亮的中心點瞬間崩塌

4

惡地形。袖珍火星。軟氣流。
刮傷月亮的人
意識猶在顛簸的馬背

愛已不足形成跨越的荒漠
但月亮是邊城的情歌
可以瞬間擦亮的都有漆黑的身世
未來會唱歌的骨灰罈
澆奠的酒盞茉莉燃燒
「但那受過困苦的必不再見幽暗。」

你已祕密豢養河流
像守著一匹馬老去
浸藍我黎明的血液我的紅我
茶花的幻覺犁耕著泥濘和雨

胸口放出
獸和峽谷
剝開星星的裝飾音剝開
花的骨骼還在發育

胸口朝內長出樹洞
可以盛裝：祕密
終究不能刺穿請求你穿越
我身體的絲絃我的洞

樹在掌心枝椏溢開
掌心剖開窟窿

你曉得，最後只有性是慈悲
親愛的捲菸從此你不再流亡

在我轉瞬即逝的
灰色手指
捲成一枚太陽

二〇一七年二月六日
創世紀詩雜誌一九一期

註：「但那受過困苦的必不再見幽暗。」出自聖經．詩篇。

輯三

毛毯上的小太陽

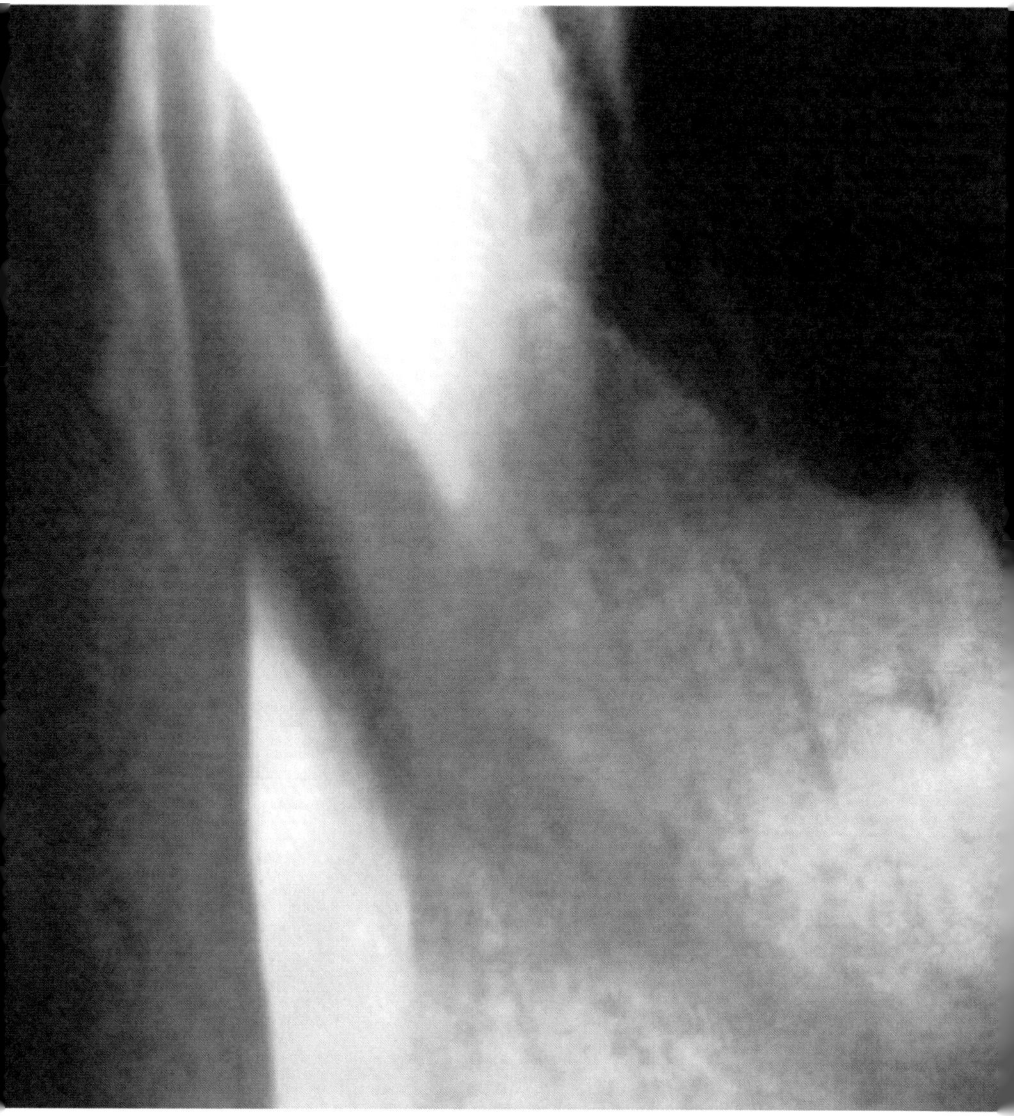

悖反的光熱

1

忽而小孩　忽而動物
忽而是黑草叢裡含笑的眼睛
你凝視火的傳說
像與貓瞳對望
最深的瞳心　一些小孩在鐘聲裡迷藏

孩子消失的瞬間
笑聲是釉

你窯燒我們共同的
一千零一夜的身世形狀
廢棄的遊樂園有海水
旋轉木馬有了眼神和柔軟的鬃毛

短暫的體溫也可以
從容地放牧時間
海裡復甦　有一天可以溫暖地死去
悖反也是
我們存在的光熱

2

我關上海風　關上蜂蜜的感官
任星圖的草稿終夜
拓染你薄薄的衣衫
逐漸透明得可穿越光陰的纖維
挽不住的縫隙

我用仿舊式的雪花描摹
你寂寞的樣子
像最最無辜的天色

聽說過嗎
散布亡靈肋骨間的星點
不貞的微光
可以側轉，迸越，呼吸——

如果我們還能相信一種貞節
如皓腕上的燙疤
細小的花刺
就用下垂的唇角抿住雪與暗
就任我們各自冷漠

就相信一種身不由己的貞節
像相信羊皮捲
抒情的隨意箋
慢慢收束起來的天色

3

就相信了一種不貞
污濁了　躲在我們安靜的耳朵裡
彈奏小波浪和漁火的夢

有人偷走袖珍星球的祕密
放在灰階，而後轉身
淚眼滂沱，鹽粒晶瑩

彷彿被挽留的海
晨間藍滴入我們即將睜開的眼睛

包心的全音符有些熱
窺視之眼有霧　我們淚眼滂沱
回到一千零一夜
回到火

鐘樓聲中消失的孩子
回來了
那起初黑草叢裡含笑的眼睛呢
我總不能總不能清醒地說

如果你在夜晚拾獲U字型漏斗
把我懺情的聲音

倒過來，Salsa，搖一搖
悖反也是
我們彼此給予的光熱

註：給母親。

二〇一七年一月
吹鼓吹詩論壇二十八號

裸體的陽臺

時間：秋颱前三日
人物：癆病男人、喪偶女人

每當曬衣杆仰向天空
佯裝剛睡醒的無辜小狗圓眼睛
風的肢體便Salsa起來

蕾絲襯裙顫動
它想惑亂你流淚的既視感
甚至你曾盤腿圈住的廢棄小森林

象徵性撩著晾著
桑花瓣手指，柔軟的衣物皂香飄浮
「噓，這個小陽臺其實是裸體的。」
你邊咳嗽，邊從偏廳斜對角六十度

對角走來。舀一杓夕陽
配藥，一仰而盡
「聽說颱風要來了。」

聽說對面剛搬來喪偶的女人
她不知道，入秋之後
你將虛弱得令人想到鴉片和做愛
令人想到黑白畫片的
床；一瞬間的死
「唉已經陳腔濫調你還是耽迷不已……」
藍鵲從陽臺飛過
誕生一則則神話般柔弱預言
讓凌霄花等待你咳嗽中的磁
至於哮喘聲：
必須很安靜

很安靜才能聽到
耳朵必須新鮮得像奶油剛做好

（ＯＳ：
蕾絲襯裙。又。飄動一下
女人搬來２週又4.5日
用纖指晾衣服／床單
陽臺依然裸體）

你的心事芭蕉斑駁，她自顧自華麗
你的咳嗽是珍珠色斷線
承受過多的重力
她隨口哼唱就能使你靈魂
酥脆的鑲邊烤焦

邊咳嗽邊等待你在咳嗽你在等
雨水打溼
她入秋的鎖骨和月亮

二〇一六年八月三十日
吹鼓吹詩論壇二十七號

甜爵士獨白

和甜爵士的月亮
交換寧謐的姓氏
撩起夜河的裙裾，讓憧憬通過

植物精子的香氣也是
絕無僅有的語言
我和傳說中絕版的貓薄荷
薄霧般交談

指尖撥開風的茉莉複瓣
動作如女詞人般細緻而哀矜

終究不是雨能懂的
柔曳的虛線繞過你，再繞過我
徒留一枚楚楚可憐的韻腳
我們各自圈抱自己

靦腆而瘦小的寂寞
微澀中感覺
一種美好的過敏如紫流蘇搖綻
於是安然回到室內
等候一盅細火慢燉的紅豆

你用眼睛搭建獨白的小舞臺
語助詞的漣漪
正泛起今夜的第七種顏色

二〇一七年三月三十日
野薑花詩集二十二期

老者的眼睛

深冬天空是老者深陷的眼睛
疲倦的淚泉滋養過麥和桑葚
粗厚的手掌撫摸向日植株
最後一起滲入灰藍
那裡，倒映一點河流的靜脈
炊煙般纖細的心跳

時間慢下來。再走一段
他乏力但想再走一小段
歧路花園或虹橋，石板路或斷井
流淌是黃昏，續炭是愛

閉目養神，天空在他胸口
栽種他故鄉的雪松。重新生長
風景產生裂紋

矮屋舍卻漫溢出本身的輪廓
他聽到綠繡眼的歌和雨滴的韻腳
他在霧中，敞著麋鹿的神情
他睜開眼，孩子般清澈

那樣的清澈只有天使能看見。

二〇一七年三月五日
中華日報副刊

小林綠的革命

謎語倒入平底鍋
煎壞了再翻面
或許，他和她一樣蓊綠地緬懷
草莓蛋糕任性扔窗外的甜蜜

小林綠丟開鍋鏟
不諳烹飪的手
俐索懸掛一隻鐵鏽綠高音花栗鼠
腳心慢慢撩撥的，多情的草綠
迴旋加深，催引一場洛可可風雷陣雨

輕火災現場多適合踮腳啄吻
至於暴雨淋溼的天臺
不顧一切的
擁吻和青春休閒褲的隱喻一樣

不夠含蓄，不夠沉著和悲壯
始終沒有真正革命成功。

「喜歡得像是抱著熊滾落山坡。」
她央告他去看的色情電影
比野放的瑪格麗特更純真
膠卷倒過來，虛弱折射
他眼中沙礫跳躍

他們只有一個迷你颱風
可以相依存，守夜，合吃圍爐的泡麵
放逐之後，只有一只世界邊陲的電話亭
可以搖搖欲墜呼喊彼此名字
鮭魚嫩粉雙頰、拯救

終不如一句
永恆如自縊少女的
：「逝者已矣。」

也許離別更適合凝望
覆雪爾後消失的森林
肋骨一年比一年水綠

闔眼撥彈，波浪捲髮漫出肩線
只是不小心
潑灑半杯 3.5％ 綠檸溼調酒
那樣的輕而已

註：小林綠為村上春樹小說《挪威的森林》人物。「自縊少女」為直子，生前曾對主角渡邊說：「請你永遠記得我。」

複寫植物幽靈

無非只是走向萎頓
無非一道手勢
撤銷我曾栽種那苗哀豔的新綠
未說出的話語
深埋一顆香草胎記

如你複寫植物幽靈，只是
陪伴走向萎頓的過程
用針挑逗肉身裡的金線菊
血。煮字為藥
草藥房裡層頁拓染的詩經

我們在球莖裡的劇場
排練肢體語言
撥奏彼此交感神經的一千零一夜

喝醉的魚啟動十三種愛撫場域
從煙霧氤氳的小酒館
到女體廢墟，開到荼靡——

無非手語，無非聾啞，我們只
依賴流離的眼睛，幻肢——
我的疾病和情慾都是青檸色的
你的瞳仁比幽靈更黑
初冬的性衝動是丁香密語

那時，我們有羽毛落在石室的預感
冰雕與夢土，夜如野曠
曠廢的注視或許離日出不遠
極致的謊就是天使：

「病體即香氣。」你說
堂皇迷戀青花瓷般的憂愁與曲線
萎頓前，請你
小心翼翼地待我病身裡發亮的繭

二〇一七年四月一日
野薑花詩集二十一期

秋分小屋

秋分以後，我的小屋
是斜陽調色的藤編果籃
盛裝兩捲混毛線球

在你留下的凹陷裡
微笑地轉譯
橘子和酪梨的味道

晨光捲捲的，為陰影
和靜物，打上軟輪廓
慵懶半掩的亞麻布
同時對日光和蜂巢有了鄉愁

睡睡醒醒的果蟲
如嬰兒，瞇著眼吸吮時間

二〇一七年三月一日
新詩報

霧抄

火的手指
菸盒裡倉促成形的幽靈

你的手語
一場凝凍時光的召魂術

我反覆譜寫一首亞麻綠森林賦格
抄錄每組對位之間，霧的細節
始終缺少的那枚音符
許是你荒原上，正安靜著火的詞

當焰苗沿許願池鑲邊，如燦爛的蕾絲
迸裂的詞，正夢著三葉草青嫩的鼾息
被硬幣刮花的靈魂
囁嚅也會愛

但愛，小於微物
迅速蒼老於噴泉不停湧著的微粒
路過的人，神情都黃昏了
每一瞬迷彩
都灼痛想流浪的眼睛

我簌簌抄錄如許願
寫過的字都不復留，但書寫側影
比流星草圖的光影斑駁
比霧的子嗣更虔誠——

「你將用什麼償願？」
霧，長出翅膀，同時敞露割傷

我握住鋒利但美好的刀口
我握住每寸 0.03 秒停格的夜色
裸裎的肩胛
被發光的堅果刺穿

二〇一七年四月二十八日
吹鼓吹詩論壇三十號

抛擲

她在荒野
小跑步
像末日火車
哭泣駛往天空通透的藍心臟

不遠處，他們彼此獵殺
舉刀間略過黑白畫片優美的雜訊
風景裂開細瓷的紋路
示範　刎頸的美學

慢動作分解如遠方
燕鷗灰船帆飄曳
但血泊是甜美的
如聖母經
滴入神孩子失聰的耳朵。。。

她只要跑步，心無旁騖
髮流蓄滿時間的微汽泡
神的孩子不再闔掌祈禱
也不自問
是殺手或亡命之徒？

霧露太濃使她眼睛結霜
不安的時候她需要動
快感中一種湮散的淺藍
殺戮不遠但彷彿
與她無關
她知道自己也在逃殺劇中
即使末日她必須保持專注
用身體和速度投入
逆光的倒述

（分明都消音了
為什麼
聽到安靜的傾敗聲響
像花的骨骼
碎裂）

二〇一七年二月十七日

召魂

森林小屋可口地
軟軟地延伸
坐在門口
看天空滴落牛奶色
喝咖啡是接近神靈的方式

寂寞，鎖入小小的
壓克力音箱
幻想自己是烏克麗麗
落瓣腹部上的一根弦

流亡你的肋骨
掉落的亞麻褐頭髮，拾起來

一根就能完成
瞬間迷彩撲朔的甜蜜觸技

二〇一六年九月
海星詩刊二十三期

倒流

有種浮游像她骨盆中
小片小片的纏絲瑪瑙
可是你和她
你們的篝火沒有小孩

一些小孩
在鐘聲最清甜的那刻
依照約定隱形起來
實驗一種無辜的體熱
存有或無有
每當有風
他們的笑聲就會倒流而重現

於是你緩緩加炭
燒出夢想中那種身世的形狀

她打水漂，浣衣，從容的
像一條河載孕春天的搖籃
走到你面前
大方袒露半邊的瑩白乳房
優美的褐紅傷疤
嗆著半朵微笑
所有憂傷中的慣犯都被原諒了

二〇一六年八月
中華日報副刊

毛毯上的小太陽

黑暗滋釀的末日童話
飛來仲夏鮮豔裙幅裡的鳥
手搖杯的苦艾酒
搖出一片
蛋殼和迷彩的風景

傷口晾著，也許迷路的風途經
翻個身就拉出一道
天光透明的摺痕
（一如無人知曉的自刎）

向內迴旋是拱廊的美學
環狀廢墟，腹語術：夢中造人
生病的城垛長出笑渦
凝神，就看見
小太陽落在毛毯

冰雕的孩子長出小小的手腳
頸根飄散絲瓜水清香
那些被換取的，還等候澆水，還想被煨暖
還想再聽一首
流星倉促點播的自選曲

當末日童話長出深黑的莖蔓
模仿換日線
你眼中還有一顆
落在毛毯上的暖黃小太陽

病中記
二〇一七年十一月十九日
自由副刊

註：「環狀廢墟」和「夢中造人」，皆出於波赫士小說。

當我們討論希望

現在，我能思辯的形而上題材
都像松鼠嚙咬過的破洞長大衣
對你嘟噥時清晰看見：

河流淌過你頸間
有光影的三角地帶

光影交接的廊柱
在祈禱
壯烈湍飛的金烏群體落下羽毛
你憧憬那列通往未來的快車
冒出的火焰是末日橘

瞬間點燃你肋骨長出的青草
「只不過丟失一份

詩意全無的工作——
即使煤炭也可以養活我，
和我的愛人。我們滿臉髒污卻相顧而笑……」

你說。掘土種樹。種在掌心
枝椏將隨掌紋淹開
河流淌過隧道間模糊的光點

陰影。像寧靜雨中漫天旋舞的銀杏剖面
像黑奴做夢時酣笑的微明

二〇一七年十一月二十八日
新詩報

給父親的搖籃曲

醒來是白堊紀的花園
相握的手多了一株快樂的狐狸草

藍空裡的嬰兒車
黃昏雨的史前側錄

已生鏽的鐘擺，咿呀撥動幼年的床邊故事
手搖鈴翻鬆，一整座古老甜海的觸技格律

街心在雨中變軟。縮小的你
可愛得像顛頇學步的小恐龍

逆著瞎盲的光速，走了很久很久
蜷在我綠茵的掌心午寐

倒數祈禱。一場夢中夢
星星的廝磨已老

河流是最幸福的失明者
迢長的演化為了回到古褐疏髮的堤岸

為你數羊、數黎明前
滴落的牛奶聲。

二〇一七年八月十八日
中華日報副刊

鮭魚嫩粉的暑假

為何蹉磨我們的
是濡熱。不動。還原
我們的也是花粉和胚乳傳開的
海風的童話桂花蒸的腴白清甜
只是走不出去的
木屜的午夢
唉整個夏天我們多麼
慵懶只想無所事事
後頸根發燙，敷著時間的粉末
奶蓋綠的氣味和顏色

蹉磨我們的是那昏熱
還原我們的也是。這個溽暑
我們無心於遊冶或創作
甚至不望彌撒

只耽迷於教堂後巷市集的童玩藝品
陪我們的小女孩軟軟地
串珠鍊，粉彩筆勾勒粗樸情調
紙船呢？我只想航向
湖水綠搖擺沙發
我身旁正噗通跳著鮭魚嫩粉
女兒小小的心臟

註：紀念女兒上小學前的暑假。

二〇一六年十月八日
中華日報副刊

紙飛機的成年禮

這場拔河畢竟要輸的
天井上，星星互相捲繞
紮成麻花繩
恢復你嚮慕的古老功能

我們終於可以
純粹地賴以占卜，記事，認路
甚至比導航更早
雖然你像喝醉唱歌的水手

背過身，忍住不看
兩顆塵埃旋落途中
偷偷地親吻
你正投擲一架迷你輕航機
黑絲絨夜空，繡燦爛的字

可是我不能不聽
紙飛機沙沙的模仿發條鳥
載著手溫和幾個甜蜜的字
擱淺牛奶色隘口

我是活頁筆試書
你是摺痕
撕下來時你就是鑲邊
寫完整本，我們便一起完成
白描的手感和抒情

二〇一七年一月二日
中華日報副刊

一邊破碎，一邊飛翔

細口花瓶長出換日線
優雅的頸項滑著
N減1維度的滄桑，與歡快的水聲
瀝過北國森林的甜分

彷彿還捻著黃昏繡金的紡線
繞在指間，捲紙，捲束海的意念
父系般的洋流
小心翼翼地捧著一場
海棠般的病

一小片撕開可以沾麵包的牛奶色
只剩尾音，在你睫毛上
滴。答。藍鷗循聲
飛入滂沱，濺溼白鋼琴、

羊皮卷樂譜古老微塵的折角
掂著生命那微薄而篤實的重量
紋絲不動。默默地
辨認和記得

而那形而上的翅膀
碎得極美

病中記
二〇一七年六月二十一日

你穿行我清澈的慾望如謎

途經我的落日如謎
渾圓的，滑落你臂膀
古老葡萄的落寞如謎
朝生夕死
是一種慈悲

我們用最小單位的孤單
想念一座傾城圍困的情歌
你穿行我的風庭如謎
押注光的斜韻
我胸口的首都靜靜失火

連續幾個深冬，你耽迷於
用摘過檸檬花的向日手指

捲菸，捲束褪色的經軸
你在夜的截角上，寫字
聲音像雪花飄落

你修長手指上的時間如謎
摩搓灰藍毛衣的靜電
小小的微涼遺址
到春天，指下又將蔓延石榴海

溫煦的貓毛如謎
詞語的月色如謎
暈黃的吊燈明白
我們已被原諒的辜負

你穿行
我清澈的慾望如謎

二〇一七年二月十九日
野薑花詩集二十期

當你預知即將死於凝聚瞬間的魔力

——致班雅明

班雅明：「所有的東西都拜倒在透明的旗幟之下。」

1

白荼靡的抑揚格
冉冉升起
廢墟的倒影

一個文明盛世，如水晶與火焰的起源
冉冉升起，煙燻你憂愁的眼睛，又因路過孩子
邊跑邊吹的彩泡、街頭藝人和行乞者手上翻轉
陽光下，翻轉如蛺蝶的貨幣
而嘹亮、你憂愁的眼睛

仰臉，史前的黃昏雨落下——
水晶與火，形成有生命的廢墟
化石的動盪。荒草。起源於對於當代
深情以致亟欲悖離的文字精靈

玻璃旗幟已經豎起——
老派鄉愁在城市的空隙之間
馬賽克形構的每塊石頭
都微小發光
懷有鄉愁者都傾醉了

2

當你預知終將死於
凝聚瞬間的魔力

3

懷鄉的人，紛紛拜倒於玻璃回望的瞬間
而你已預知終將死於凝聚瞬間的魔力——
你夢過自己是大天使，你在大風中倒退，無力搶救那些
無名者的殘骸。眼看斑斕的時代正倒塌
大教堂，拱廊街，單向街，凡文明者都將倒塌

倒影中的倒影，如臨終的返照
回望時的洞穿之眼
腹語中的腹語淬出青銅的殘渣
哎，你原是土星之子

傾斜地斟下一道靜脈下的彩虹
沉澱巨幅寫在玻璃上的歷史
深情的回望，一座虹橋斷裂的凝視
同時你。燃起瑪啡。

4

你倒退中無力搶救坍塌的彩色沙堡
沒有失去任何能力只是
耳朵暫涑了聽覺。聽。耳聰目明者
你們請聽，多美的白茶靡抑揚格，升起凍死者的音樂。你已預知
將死於凝聚瞬間的魔力

流離失所者正朝火盆加炭。如是你想
如果可以，你寧可翅膀著火

如果不能，你渾身於拾荒者，乞者，賣藝者
邊陲的凝視使襤褸者的衣角發光

馬賽克形構的每塊石頭
都微小發光。懷有鄉愁者都傾醉了
你想救贖物化的世代但你也
多麼需要被拯救
即使被玻璃也好——

最終你。燃起瑪啡。未曾喪失任何能力只是
憂愁的樣子如此襤褸

二〇一七年九月二十一日

註：張旭東說班雅明「死於一種『對這個時代』經驗的無能，但這個離時代最遠的人卻偏偏感到一強烈不可遏制的欲望，他要保留住這個時代，把他描繪出來」。

輯四

我們在滂沱的黑暗裡相認

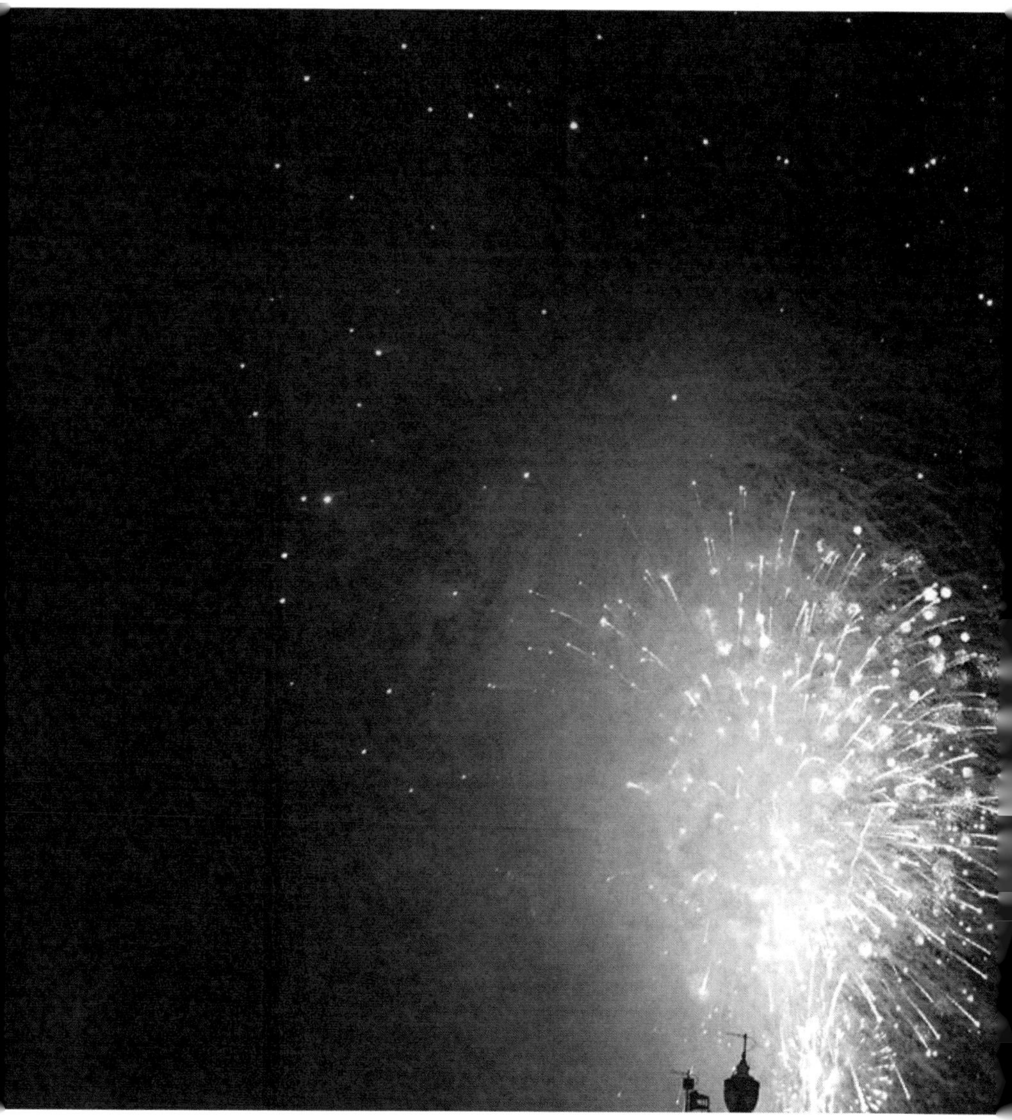

我們在滂沱的黑暗裡相認

1

周身滂沱的少艾母親
偎著渾圓的黑　哺乳
玻璃花房——
鼓脹——破碎——

她欹斜的閣樓是一格
黑汪汪水田，病的味道像很遠
很遠的黃昏炊火
飄入懷中嬰兒虛乏的眼睛

她說餓——
就有了一絲光線

2

眼淚，一滴一滴
滴在乳白枝椏，像孩子清澈的眼白
稀淡不夠養分，也不能分食

不夠償還手心呵過的暖
白玉詞條微抿的笑
甚至只是曳過半邊枕頭的雲影

溫吞的，哭泣的，刪節號
一點一點
從淚水變成碎石——

她解開粗花布衣衫
前兩顆鈕扣
它們靜態地遭受剝離和懸宕
無人知曉地鬆脫

花色安靜地跳舞，和腐朽
美得令人屏息
在無法辨識的黑暗。

3

有時候，我和她同等
顧頇，畸零
抱住就飄雪

有時候，我們需要
什麼也不做而只是
病著的時光

悠悠撿拾的字塊
輕輕愛過一般漂流的鏽斑

我需要
抽掉一些芯和亮——

有時候我需要
質數的幽靈，複數的流質太陽
陰性夏天憂鬱的娥眉

有時候我們需要
灰絲絨的被褥，灰色的爬藤植物
坍方的天光

幽靈悄悄儲存了一些乾燥花
悄悄拓印
曾被鋸疼的粉紅色

鋸疼比質變好
色誘的雪，比畸零好
可是斑駁
卻比坍方好——

那樣的矛盾。她在
裁切不勻的大風中
馬克花磚攪成渦狀的倒影中

按住裙襬的隱忍表情
彆扭起來
幾乎像病著一樣美

4

黑暗裡，她的裙幅裡有鮮豔的鳥群
那麼滂沱的暗——
虛瞇眼。沒有話說。

5

意義，華詞的
肉質的餡——

咬下去，汁液，順著頸線
淌至如鹿怦然的乳房

她呼喚過的海——
游標還在閃爍
像發光的索引，浮游小生物

（可不可以
不要那麼在意追索意義？）

有時候我想，骨灰可以預先儲放
在有蝴蝶結粉撲的可攜式粉盒裡
偶爾白粉般敷在臉上
在廢墟，唱戲，一個人補妝

她相信愛可以拼接
一將功成萬骨枯——

太初有光——乳房鼓漲
切鋸成蜂房
花蜜滲出
　　沒有一道正確的手勢可以呼痛

6

如果，病得再頹唐
再魔幻一點，我們
就會是黑色的光線、
黑色的流亡詞典
前世，再前世，我們從容放牧的詩經

像整片邊塞的抒情草原
愛上滂沱的水鳥

對望，與靜止二百年的鍵琴
縫隙流下哀矜的眼神
只因，一座女體星辰
要有光——

她雪白皮膚下的暗夜
隨處流轉的病的因子
揹著孩子，哼著秧歌
她哺育著，荒蕪之中，春暖的可能

Ps. 7

做了一個夢。瓷的啞光、碎得
多麼圓潤——

布幔裂開。「成了。」
她忍痛哺乳
她解開粗花布衫鈕扣的手勢落下
一片片。杏葉落下
黑的。白的。蘆葦般的手勢落下

也許那是處處揮別的手勢
也許，來日無多
世紀性的滂沱水花，濺越
揚起半邊煙圈的弧度

放棄俯衝的流速，流蘇般
軟軟垂下，她按住裙襬中的鳥群和流火
對我虛瞇眼笑
像黑桑樹和黑田野對望——能不能——
連言語都——刪去——

宛如神造萬物的第七日
我們終於
滂沱中認出彼此

二〇一七年六月三十日　病後記
創世紀詩雜誌一九二期

我將不只聽到自己的呼吸

此時窗簾掩映樹影，翕動一絲傳自
遙遠海洋幼鯨的呼吸
詩頁翕動，閃過蜂鳥一生絕無僅有
高頻的振翅

雖然那麼闊遠，但我聽見
螺貝迴紋般的纏繞語法
透明地攎在另一顆寂寞的心裡
抗拒風化，斑駁地發出微光
向內旋絞，斜斜地斟濾
冊頁流下幾滴溫過的奶酒

我聞到書寫者殉海的渴慾
如見他抱住暈眩的燈塔
穩住此刻，此身，不能承受的離心率
向日葵不懂如何計算圓周

小小的鼻尖猶自挺向太陽
畫不出金黃色的想念濃度
只是錯覺，一種鄉愁像堆滿熟檸檬的巢
初秋運河呼喚的百里香，與淚酸

墨水湮開，也能使綠豆發芽
祈禱中的蛾鬆開祝詞
繞飛的意念翻新雨水的節奏
漫漶的墨暈，一滴，就能放行紙船
我聽見枕畔，一絲船歌
那是一首異地之詩的搖櫓聲，在清冷的夜

我聽見的
將不只自己的呼吸——

二〇一七年八月

川端康成回到最初溫泉鄉

暮年的川端康成放開紙筆
握住一個暖香的名字
會呼吸，而掂在手心像雪，劃過胸口是尖亮的鴿子尾梢
在崩裂中的青石板上寫字
那種不朽

一捧溫泉水像白羊毛圍巾
護著脆弱的頸椎，垂下有氤氳的流蘇
撩騷最黑深處，一隻頑皮閃黠的眼睛
（那樣的眼睛也會疲憊泛淚）

以被顧視的方式重新孵化
他一生，從眼角低低飛過
疲憊的海鷗

「這是個好人哪。」她指著他說
膚若溫泉的小小舞孃，打自半世紀前結伴的林蔭路走來
踮足模仿麻雀三拍步，笑渦旋動迷你美好的洋流
不經意的稱讚是淡筆勾勒的春天
體內一座廢墟醒轉　他發瘦的腰部裡百鳥醒轉

升起花粉，遠方的海風，鳴笛
他將愛，一提筆就下雪，他將強大
像癯瘦的孤兒仰望天空。

從溫泉鄉到雪鄉，最潔淨的腳趾彎、最純粹的落葉聲
鑲火邊下墜——車窗上，重疊燈火
流動的眼睛倒影注視他：
他複寫青紫色的年代、新感覺派沉默的瘀痕

他愛著，提筆就有光，但世界的鎂光燈過強
一道道朝他抽絞　骨灰甕裡徒勞的天光——

「這是個好人喏——」
能不能、單純只在一句話的回溫裡
淚流滿面？像黑暗裡一只梨
在發亮，像鏡頭倒轉，他只是側臥
諦聽一些聲音：雪。水壺燒開。碎鈴鐺聲由遠而近

——也許可以分辨什麼時候該離去
什麼節氣適合化為煤灰，
默默去流浪。

他未曾籌畫自殺，只是太疲倦
口含煤管像吹笛。墨暈的稿紙紛飛，像滿屋黑雪

且放下一生滄辛，如此的夜，多麼適合脫帽致敬
赤裸成二十歲的少年，回到伶仃，回到初心
回到溫泉鄉，向永恆少女致敬

口含煤氣管，像吸吮奶嘴。他啣住
初心般
暖香的名字

二〇一七年七月六日

她血液裡的琥珀

侗族女子血液裡的琥珀
一刀刀鑿出來
是殷紅魚群般的熱心臟
她的明媚不能深鎖胭脂盒
也不能託付花塚和詩箋
母鹿秀拔的雙腿
捲進冬日的海風
被明天，帶給異鄉的小村

沒有昨日的雲酪
只有明天。期待明天有人遞來
銀色菸管或蘋果酒
她可以暫時嗆成北方的紅面頰
或佯裝喝醉的魚
暫時，有金黃芒刺的野菠蘿
也曾夢到母親的臘肉

偷偷回望的
海濱飄來青絲帶
甜美地縈繞足踝三圈半
這樣就足夠
她可以一路上山
在沒有燈火的鄉野裡
痛切捽傷，摸著黑，用唾沫
混合樹液，敷癒滲血的腿脛
侗族女子血液裡的琥珀
一刀刀鑿出來
在異鄉發酵成珍珠

二〇一六年八月二十日

註：為寶藏巖村民，侗族新娘劉茜而作。為「詩人寫村計畫作品」之一。

滿月夭折的戀人

我滿月夭折的戀人
握著一枚會哼唱小村民謠的海星
宣告此生孤獨

下個盛世天空的普魯士藍
預先閃逝在你天真而疏淡的眉眼
你的發明都被挽留過

如果，所有表述失去原本的意圖
連語言都臨屆末日
請求你，趁反光還在，最後一次
高擎自己虛構的太陽

二〇一七年三月二十二日
乾坤詩刊八十二期

綿羊黑暗中唱歌

是綿羊的腹語派我來
用雲母耳膜，聆聽
你夜晚的細節
不老橋的血緣
走下去，找到夢中的匕首

我曾安安靜靜
持著它
久久站在床前看你
卻又什麼也沒有做
連同身體，反鎖進你的衣櫃

等到你的羊毛衫
滴著水，我終於來到羊膜般
溫暖的黑暗

趁夜，趁著這黑
我們撥奏河堤線
（像撥奏身體）
到一顆星星獨舞的屋頂上唱歌

等到視線終於漫漶
小小的閣樓會飛滿蝴蝶
到天亮，你打水
也許順手拾起一只漂流的搖籃

始終安睡其中的嬰兒
睫毛一圈虹霓
綻放，你端詳，久久不能回神

註：第十一屆葉紅女性詩獎得獎作品之一。

黑暗而溫暖的地方

到一個最隱祕、黑暗
卻溫暖的地方
交換我們夜行的翅膀
那縫補過許多次的蝴蝶狀傷疤
交換無聲的內流河，彼此護城
交換乳香味刺青
黑暗中吐納
撚亮一座天國廢墟的可能

那時，你光榮負傷的手臂
環起的是我滿月漲潮的流淚海洋
我會擁有守護一道傾城的勇氣
那是，黑暗與神話、
星球與信仰的完美結合

我會，直直走進你草圖上
未完成的失火城邦
兌現宛如許久許久的約定——
那是遠在戰亂、朝不保夕時期
因離散而更堅實的斷章
並且泫然預知再次的離散

面頰緊挨，我們凝視
你肉裡深陷的無數道揮別手勢
我會細數你流離的語序
縫補你破碎的雨滴
我將捍衛你不朽如玻璃畫的孤獨
到一個隱祕、黑暗卻溫暖的地方
你暫卸翅膀，寸寸縮小
小到正好足以覆蓋我

你佔據我重瞳的虹膜
終夜在我血液裡划翔

我們會撚亮一座天國花園
於你森林穹頂的孤獨
即使你將繼續獨行，回到
自己語言的祖國——
你慢慢　溢出自己的輪廓

二〇一七年三月五日

她決定腐朽

她決定腐朽
像死去的婚禮歌手回望教堂
那片草坪，那片彩繪玻璃
有她肋骨流出的音樂

她決定腐朽，安詳地
做他懷錶裡滴答流失的愛人
只在春天，羅盤屏息那瞬間
流下滿臉溫暖的淚

她預知小小的墳墩將長出茉莉
向上開著一座天國花園的可能
寧靜的複瓣層層脆裂
迸著壁爐旁的松脂味

微響。續炭之前，她決定腐朽
放棄報復烏雲剪紙的月亮
委身於嘆息的線香
成為夜的細肩帶，斷落在

時間用雙掌圈守的
白色火焰——

二〇一七年一月五日
創世紀詩雜誌一九四期

捲菸與紅豆

捲菸與相思豆之間
有一個祕密：
我烤焦而捨不得丟棄的時間
至今溫柔而赤裸

超現實主義的餐桌，地震時
讀音是凍傷的紅山茶，抑或
驕傲負傷的蘋果？

蘋果和紅豆杉之間
唇語和細雨之間
一小縒，頸窩呵著小圓痣的風
使草莖倒流音節，風景疼痛

逃逸線穿越蕾蕊的針孔
時間的複瓣

找到一把藏在雨霧裡的虛線鑰匙
輪廓像憂愁的麻花辮，氣味像舊毛衣
而那個起初的祕密呢？

紅豆杉神情襤褸，枝椏卻伸向天空
那抽長而回繞，細細捲束著的
你，是慢，是等
是一盅小火細燉的暖粥

你是烘焙過的奶油莊園
是書寫原鄉。你背離自己又頻頻回望……
親愛的。你是捲菸。

二〇一七年十二月二十七日
新詩報

用彩虹指路

只要仰望，我們就有
用彩虹指路的可能
畫風的弧度，蒸餾的滄桑
像麋鹿的眉眼，愈迷路愈深邃

水的曲調纖維，反覆揉斷
再接縫
以微米的刻度刨亮

風雕出一個小孩
輪廓是水磨，眼神是麥草
渾圓的灰藕色手臂
軟軟抱住老屋前的空木椅

百年了，還沒有成為肉身
純真地笑，在燧石的暗影處烤乾身體

瘖啞的人忘了流浪，而你
你還沒有彈完所有的灰階
高高低低，七弦琴的回聲
還在途中，湖水之都的靜脈還在流淌
你還沒有絕望。

二〇一七年七月三十日
新詩報

卑微的形狀

「此心安處是吾鄉。」

——蘇東坡〈定風波〉

她搏製的手拉坯，是天光中
充滿細節的鳥群，每一瞬，孵育不同生之姿態
噙著絲微笑的雲，懸掛於夢土

一切，始於一片白桐，而早於更早
掠過她草圖上曾失明的首都
或一座廢墟。垣角，面朝上
躺著五月的香草胎記，她守著窯爐到天黯
微涼的鼻尖，在夜的黑蕾絲上
襯出清淺的浮凸，像魚苗沉靜

她窯燒雨滴，小隕石，金魚泡泡的鼾聲
陶土艱楚而柔軟於各種型態的捏塑
塗抹釉彩，像以最精純的信念
塗抹乳香和沒藥，淡定而多情，頃刻間
微小地又死了一次：
她飽經遷徙的祖靈們，所有曾擦痛眼睛的
油桐、羽毛，都白得一無所懼。

安於卑微的存在形狀，偶爾摸索心器
一千朵桐花無聲落在暗室。妳說，「要有光——」
光桐。光桐。光桐。就沒有皺紋了，像雪中商旅
以初生的瓣蕊為文本
白蠟筆繪描一場唇語與字母的芬芳

凡經手溫，器皿都會微小地
復活和眨眼，祖傳技藝如溫酒斟入暗夜
因流離而遍地燃放，一把清亮的火
妳們是雪的孩子。白，「一無所懼。」

二〇一八年二月十五日
中華日報副刊

詞的相會

一個詞，遠遠地呼喚
另一個詞，像小獸披著洞內微光
紡線來自太陽，如許神性

是誰分裂了一組詞？
予長夜以陰刻，流動的黑浮雕
孔竅爬出彩色小動物

落單的詞，從泗水中爬起
像木屑飄煙
你認出它。罅隙貯存你青銅斑的淚

詞的罅隙，脆弱的陷阱——

落單、孱弱的詞
來自不同城鄉，淋過時間的細雨
終究，溼漉漉地來相會
而那些溼，竟如花灑了

沒有家鄉，只有朝生暮死的輕笑聲
鹽，光柱，其上的瘀傷

二〇一七年十月十五日
新詩報

我徒步走向恆河的孤兒

——致以生命書寫者

我徒步前往肉身的恆河
你蹲在那
撿骨。總有些事，不能超渡——

風用尖口吹，這沿途
必須攪動的渦狀的疼
按住自己的
肉身。一瓣一瓣
都要飛起。眼睛。耳垂。乳房。眉心的
火苗。尾椎。小腿肚。燼火的腳踝。
我水質的肉身是矛盾的
器官會飛但我必須
徒步去找一個孤兒

我必須徒步。他的臉是英雄，淬過火
他痛恨自己的勳章

他在恆河，他寫詩，有時唱歌
他看慣浮屍，哭遍整條河流
——偶爾看作柴火堆裡的搖籃
的那種愛
他渴望翅膀，卻親手拆卸自己的脛骨

「我們都不會有事。」

的那種，愛。我必須按住欲飛的器官
徒步於坍方的雪，去擁抱他
像火的母親
抱緊一根柴薪

二〇一七年六月六日

孩子，我為你關閉時代

——致曼德爾施塔姆

伏臥在火山心口
聽雪——

聽遙迢之雪，追緝之雪。一個
白色謎語尚未解開就正在
閃逝。有人背下你的詩稿
白色海洋最後一滴淚，從我滄桑的眼睛
流到你，天光之眼

不再言語。詞語的彩沫早在
夢土懷孕火球之前，即已
滋養你肘間日漸渾圓的雪白胎記
整個動盪的時代只擰出一滴淚。

你浸泡，安睡一場
關閉一個時代的黑白夢境。

時代已經，輕輕地關閉。放心。
孩子，我已抄寫雪聲，並且，
長鏡頭捲起一個時代的硝煙和花火
拓印在懷舊式膠捲的沙啞聲音
想聽，你再聽。傾軋已遠。

孩子，我把你交在聖稜線下
月光的裸視。交在大地伊始的軟眉目
我用發不出祈禱聲的圓嘟嘟唇形，
把你交在隱形小窗口。

曾使火山為之傾倒的
寧謐光
。

二〇一七年十一月二日
有荷文學雜誌二十三期

註：曼德爾施塔姆，俄羅斯「白銀時代」詩人。曾寫史達林諷刺詩而被捕，死於臨時難民營。其妻極力保存期詩作，因政府因素而極力試以記憶保存。

言說之外，天仍會亮

垂老者於病室裡顫抖的書寫
是蒲公英的白色血液
流淌過無數田園鄉間，春霧瀰漫的小馬車

流淌過孩提天涯，圓拙的鉛筆字跡
會唱歌的和菓子，有氣泡的星星罐頭
木屑蹦越，像時間的淚眼滲出沙

睡過杏仁核，繞過胡陶木林
七十七次。那些，顫巍巍的字
初生軟骨動物般，覆著胎衣，睡睡醒醒
疾病的味道帶有蒲公英飄飛的甜味
輕白中蒐索記憶

言說之外，天仍會亮——
歪斜的簡體筆畫擴大而發亮

形似午後，溶化中，心型拱抱的小樹
或許，不再能掌握明確的言說意義了
涓滴的情話般，綿綿無義但是
天仍會亮。表述之外
天仍會亮。只是衰朽中幸福著

垂老者於病室，一次次
撿拾潮溼的樹枝和鈍錨
拼湊著，碎蛋殼般，純粹語言的力量

只因一張白紙緘默的愛情
他書寫的神態
宛如被放牧的小太陽

二〇一八年一月三十日
自由副刊

生命的煉金術：讀劉曉頤〈我們在滂沱的黑暗裡相認〉

美國夏威夷華文作家協會香港代表　余境熹

寫組詩猶如煉金，在較長的篇幅裡，自然包含較多的元素，可是若欠缺貫通全體的意象、脈絡，「土」、「火」、「水」、「風」各類元素也只能算鬆散放置，無法融合昇華，詩的煉金就失敗了。

劉曉頤是精心經營組詩的作家，新著《來我裙子裡點菸》中，〈我們在滂沱的黑暗裡相認〉、〈你城邦的注視〉兩篇卓然特立，技巧上乘，是她尤其偏愛之作。組詩是煉金的藝術，而〈我們在滂沱的黑暗裡相認〉則是寫生命的冶煉，以下不妨爬梳其脈絡，以見劉曉頤如何巧用意象，銜接全體，點文字之石頭，為詩意的精金：

1

周身滂沱的少艾母親
偎著渾圓的黑　哺乳
玻璃花房——
鼓脹——破碎——

她欹斜的閣樓是一格
黑汪汪水田，病的味道像很遠
很遠的黃昏炊火
飄入懷中嬰兒虛乏的眼睛

她說餓——
就有了一絲光線

【解釋】猶太女人瑪莉亞（Mary the Jewess）發明了煉金用的隔水蒸鍋，劉曉頤詩中母親使用的器皿，則是「玻璃花房」——女性之乳。母親欲以乳汁餵哺嬰兒，輸出「水田」的「水」，希圖改變生命枯竭的現狀；但她正處病困之中，乳汁不足，猶如備食的「炊火」很遠，於事無補。因此，孩子仍然捱「餓」，眼睛依舊「虛乏」。微弱的「炊火」未能帶動「火」的冶煉，所以末句說「光線」只得一絲，「火」的動能顯然不足，生命煉金也無從談起。

【元素】水——生命、變化；火——光明。

2

眼淚，一滴一滴
滴在乳白的枝椏，像孩子清澈的眼白
稀淡不夠養分，也不能分食
不夠償還手心呵過的暖
白玉詞條微抿的笑

甚至只是曳過半邊枕頭的雲影
溫吞的，哭泣的，刪節號
一點一點
從淚水變成碎石——

她解開粗花布衣衫
前兩顆鈕扣
它們靜態地遭受剝離和懸宕
無人知曉地鬆脫

花色安靜地跳舞，和腐朽
美得令人屏息
在無法辨識的黑暗。

【解釋】延續上章「水」的匱缺，連「眼淚」都是「稀淡」的，無法充足地餵養生命；「雲影」僅得「半邊枕頭」大小，便是因水氣不足，難以凝聚所致。最終，「水」全乾透，眼淚的液態被抽走，墜下來的，就「變成碎石」了。「剝離」和「懸宕」都用以形容「石」，而「石」是「土」元素；可以見出，因為「土」的成分太多，「腐朽」足以轉化各種生命入泥，扼殺生機。死亡迫近，母親想放棄了，竟稱「腐朽」為「美」——沒辦法，「土」元素具有休息的意味，而這對受苦者來說確實異常吸引。

【元素】水——生命；土——死亡、休息。

3

有時候，我和她同等
顳頂，畸零
抱住就飄雪
有時候　我們需要

什麼也不做而只是
病著的時光

悠悠撿拾的字塊
輕輕愛過一般漂流的鏽斑

我需要
抽掉一些芯和亮——

有時候我需要
質數的幽靈，複數的流質太陽
陰性夏天憂鬱的娥眉

有時候我們需要
灰絲絨的被褥，灰色的爬藤植物

坍方的天光

幽靈悄悄儲存了一些乾燥花

悄悄拓印

曾被鋸疼的粉紅色

鋸疼比質變好

色誘的雪，比畸零好

可是斑駁

卻比坍方好——

那樣的矛盾。她在

裁切不勻的大風中

馬克花磚攪成渦狀的倒影中

按住裙襬的隱忍表情
彆扭起來
幾乎像病著一樣美

【解釋】「我」（或可理解為劉曉頤）登場，稱與該名母親相似，兩人抱著，就見「飄雪」。「飄雪」是「風」一類的想像，「風」寄寓自由；劉曉頤跟那名母親一樣，從死亡中看到了解脫、自在。她們一起歌頌「土」元素的靜定不動，如「我們需要／什麼也不做而只是／病著的時光」，又「愛」烙印不移的「鏽斑」，甚至主動要求拔走「火」和光，自言「需要／抽掉一些芯和亮」，放棄希望。

當光止息，劉曉頤與少女母親就一同進入全然黑暗的冥界，「幽靈」處處，太陽呈「流質」無法凝聚，連炎炎的夏天也變成「陰性」的，光被全面化解；而劉曉頤、母親還頻頻「我需要」、「我需要」，追求起沉暗的「灰」被褥、「灰」爬藤植物，期待「坍方的天光」——生命之「火」熄滅的一刻。

「乾燥花」代表死寂的生命，劉曉頤和少女母親明知死的過程使人「鋸疼」，唯「雪」（即自由）的「色誘」何其吸引，「矛盾」之中，她們陷入「裁切不勻的大風」，即使這「風」的自在有受苦的成分，她們要求改變，像「水」的「渦狀」，抽離固定的悲慘現狀，走向不確知的自由：寧願一次受苦的解脫永死，不欲持續磨難地苟全人間。

【元素】風——自由；土——死亡；火——光明；水——變化。

4

黑暗裡，她的裙幅裡有鮮豔的鳥群
那麼滂沱的暗——
虛瞇眼。沒有話說。

【解釋】短短的第四章是間奏，少女母親走入死寂。她在無盡的「黑暗」之中，這黑暗裡卻有象徵生命、「火」般「鮮豔」，也如「火」般向上躍動的「鳥群」；暗裡亦有「滂沱」，「水」正帶來變化。雖則母親靜定「沒有話說」如「土」，生命和更新的光與伏流卻悄悄出現。從冥界孕育生命，這是太陽神話，亦是基督復活的複寫。基督徒的洗禮，強調「與主同死同復活」；如是者，不妨把少女母親之死，理解為象徵性的——舊人的死亡，宗教新生的開始。按：水禮為「水」的洗禮，接受聖靈則為「火」的洗禮，這兩點又與劉曉頤第四章詩的物質元素吻合。

【元素】土——死亡；火——鮮豔、躍動；水——改變、生命。

5

意義，華詞的
肉質的餡——
咬下去，汁液，順著頸線
淌至如鹿怦然的乳房

她呼喚過的海——
游標還在閃爍
像發光的索引，浮游小生物

（可不可以
不要那麼在意追索意義？）

有時候我想，骨灰可以預先儲放
在有蝴蝶結粉撲的可攜式粉盒裡
偶爾白粉般敷在臉上
在廢墟，唱戲，一個人補妝

她相信愛可以拼接
一將功成萬骨枯——

太初有光——乳房鼓漲
切鋸成蜂房
花蜜滲出
　沒有一道正確的手勢可以呼痛

【解釋】首節寫生命復甦，「水」的汁液非常豐沛；對應第一章的「光線」，這裡「游標還在閃爍」，「火」的生命正在萌動。但阻撓的聲音也出現，引誘少女母親別「在意追索意義」，令她稍微動搖，「骨灰」、「廢墟」等死亡意象捲土重來——「蝴蝶」不飛，只是一個「結」；「粉盒」密閉，卻隨身可攜，如影隨形；孤獨地「唱戲」、「補妝」，妳所信的是假的，多麼恐怖——生命煉金的過程雖已開始，但在完成以先，誰，都免不了受雜質的侵擾。

只是，少女母親堅持下來，「她相信愛可以拼接」，運用愛的力量與信心，她信任《聖經》（*Holy Bible*）中神的應許：太初有照亮生命的「光」，走在光中，必能進入「流奶與蜜之地」。一切痛苦，都必在神的「火」與「水」裡抹除。第一章用以煉金的「玻璃花房」曾經破碎，到這裡，雙乳又再鼓漲成「蜂房」，延續對生命的冶煉。

【元素】土——死亡；火——光明；水——生命。

6

如果，病得再頹唐

再魔幻一點，我們
就會是黑色的光線、
黑色的流亡詞典
前世，再前世，我們從容放牧的詩經

像整片邊塞的抒情草原
愛上滂沱的水鳥

對望，與靜止二百年的鍵琴
縫隙流下哀矜的眼神
只因，一座女體星辰
要有光——

她雪白皮膚下的暗夜
隨處流轉的病的因子

揹著孩子，哼著秧歌
她哺育著，荒蕪之中，春暖的可能

【解釋】此章寫糟粕中釋放出菁華的精煉過程，生命起了「魔幻」式的轉變。明明是病得頹唐，少女母親和劉曉頤卻放出黑色的「光線」；詞典的主題明明是流亡，她們卻感到無比的「從容」，彷彿置身於「整片邊塞的抒情草原」上，「病的因子」作為糟粕「隨處流轉」飛散，而大地響起輕快的「秧歌」，曾經「荒蕪」的土壤，現孕育著「春暖的可能」——發展至此，一向作梗的「土」也嬗變成予人舒適感覺的元素。

在煉金的器皿中，火為水加熱，水則為火調節溫度，將熱力控制在安全的範圍之內。因此，嬗變中的母親和劉曉頤既有一整座放「光」的灼熱「星辰」，也不忘持續注入「滂沱」。那令人愛上的「水鳥」，正正是水火融合的標記，一半是如前所述、能夠上躍如「火」的鳥，而另一半是「水」——牠即將展翅騰飛，衝（沖）破生命的「暗夜」。

【元素】土——從容；火——光明；水——生命。

7

做了一個夢。瓷的啞光、碎得
多麼圓潤——

布幔裂開。「成了。」
她忍痛哺乳
她解開粗花布衫鈕扣的手勢落下
一片片。杏葉落下
黑的。白的。蘆葦般的手勢落下

也許那是處處揮別的手勢
也許，來日無多
世紀性的滂沱水花，濺越
揚起半邊煙圈的弧度

放棄俯衝的流速，流蘇般
軟軟垂下，她按住裙襬中的鳥群和流火
對我虛瞇眼笑
像黑桑樹和黑田野對望——能不能——
連言語都——刪去——

宛如神造萬物的第七日
我們終於
滂沱中認出彼此

【解釋】生命煉金催發了「違反自然的創作」（opus contra naturam），水、火「碎」開，分解成各別的組成成分，再融合為一，讓人發出「多麼圓潤」的讚歎。到達終點的一切阻礙、雜質已全部剝離，「黑的」、「白的」截然有判，如同布幔、粗花布衫鈕扣、杏葉等紛紛移開、落下。

冶煉的過程來到尾聲，懷著高喊「成了」的盼望，少女母親在持續的高溫下忍耐著「哺乳」，加添水份。「成了」是基督的「十架七言」之一，而「蘆葦」也暗合〈以賽亞書〉（Book of Isaiah）四十二章的應許：「壓傷的蘆葦，祂不折斷；將殘的燈火，祂不吹滅。」詩第一章少女母親本就是那將殘之火，僅餘一絲光，此刻她卻知道，一度被現實壓傷的自己，仍然可重生得力。

少女母親的生命煉金比劉曉頤更快一步，她的精金已成，且先以「世紀性的滂沱水花」為精金淬火，使之急速降溫，強度硬度就在煙氣揚起中得到提高；繼而，她「放棄俯衝的流速」，緩慢地進行回火，「按住裙擺中的鳥群和流火」，細心加熱，增加金屬的韌性和穩定性。

當她向「我」即劉曉頤「虛瞇眼笑」，展露生命嬗變的成果，在驚鴻一瞥裡，劉曉頤感到無法形容的榮美，語言已不能表達其心中的震撼。少女母親在信仰的引領下完成蛻變，進入「神造萬物的第七日」即圓滿的休息，共歷患難的劉曉頤唯報以歡欣的「滂沱」熱淚，少女成功踏出的這條路，不也是「我」可以委身邁上的旅程嗎？淚「水」，發揮了清洗的作用，將此前辛酸全都沖走，而煉金融合了水火，也同時融合了「我」和少女母親的生命。

【元素】水火——融合、昇華；土——圓滿的休息。

優秀組詩除內容廣泛之外，更要求結構嚴密，詩家劉曉頤可謂深諳其道。經上述分析，不難見出〈我們在滂沱的黑暗裡相認〉調動「土」、「火」、「水」、「風」各類元素，以其變化離合、正反增減接連全篇；情節上，生命煉金——頗富基督宗教意味的轉弱為能、出死入生為其主線，再輔以「我」和少女母親的命運交錯，敘事的脈絡清晰不斷。

然而，煉金術師的神祕學問不為世人熟知，一如劉曉頤詩，在追求通俗的當代滲入神學掌故，又運用繁複、多層次的意象，引商刻羽，雜為流徵，背向千人一面的社會，可能也有曲彌高、和彌寡的寂寞。現代科學論證煉金的代價比金子更昂，堅守信仰也是不容易的，一如劉曉頤寫出高度精緻的詩，實是一種委身藝術的執持。詩集名為《來我裙子裡點菸》，那「裙子」其實是煉金之爐——亟盼知音人點菸燃火，一同參與這詩藝、人生的煉金奧祕。

語言文學類　PG1986　吹鼓吹詩人叢書37

來我裙子裡點菸

作　　者 / 劉曉頤
主　　編 / 蘇紹連
責任編輯 / 林昕平
圖文排版 / 周妤靜
攝　　影 / Christina Koo
封面設計 / 楊廣榕

發 行 人 / 宋政坤
法律顧問 / 毛國樑　律師
出版發行 / 秀威資訊科技股份有限公司
114台北市內湖區瑞光路76巷65號1樓
電話：+886-2-2796-3638　傳真：+886-2-2796-1377
http://www.showwe.com.tw
劃撥帳號 / 19563868　戶名：秀威資訊科技股份有限公司
讀者服務信箱：service@showwe.com.tw
展售門市 / 國家書店（松江門市）
104台北市中山區松江路209號1樓
電話：+886-2-2518-0207　傳真：+886-2-2518-0778
網路訂購 / 秀威網路書店：http://store.showwe.tw
國家網路書店：http://www.govbooks.com.tw

2018年3月　BOD一版
定價：330元

國家圖書館出版品預行編目

來我裙子裡點菸 / 劉曉頤著. -- 一版. -- 臺北市 :
秀威資訊科技, 2018.03
面； 公分. -- (語言文學類)(吹鼓吹詩人叢書 ; 37)
BOD版
ISBN 978-986-326-526-9(平裝)

851.486 107000453

讀者回函卡

感謝您購買本書，為提升服務品質，請填妥以下資料，將讀者回函卡直接寄回或傳真本公司，收到您的寶貴意見後，我們會收藏記錄及檢討，謝謝！
如您需要了解本公司最新出版書目、購書優惠或企劃活動，歡迎您上網查詢或下載相關資料：http:// www.showwe.com.tw

您購買的書名：________________________________

出生日期：________年________月________日

學歷：□高中（含）以下　□大專　□研究所（含）以上

職業：□製造業　□金融業　□資訊業　□軍警　□傳播業　□自由業
　　　□服務業　□公務員　□教職　□學生　□家管　□其它_____

購書地點：□網路書店　□實體書店　□書展　□郵購　□贈閱　□其他

您從何得知本書的消息？

□網路書店　□實體書店　□網路搜尋　□電子報　□書訊　□雜誌
□傳播媒體　□親友推薦　□網站推薦　□部落格　□其他__________

您對本書的評價：（請填代號　1.非常滿意　2.滿意　3.尚可　4.再改進）

封面設計____　版面編排____　內容____　文／譯筆____　價格____

讀完書後您覺得：

□很有收穫　□有收穫　□收穫不多　□沒收穫

對我們的建議：________________________________

____

____

____

請貼
郵票

11466
台北市內湖區瑞光路 76 巷 65 號 1 樓
秀威資訊科技股份有限公司 收
BOD 數位出版事業部

....

（請沿線對折寄回，謝謝！）

姓　　名：＿＿＿＿＿＿＿＿　年齡：＿＿＿＿　性別：□女　□男

郵遞區號：□□□□□

地　　址：＿＿＿＿＿＿＿＿＿＿＿＿＿＿＿＿＿＿＿＿

聯絡電話：(日)＿＿＿＿＿＿＿＿＿＿(夜)＿＿＿＿＿＿＿＿＿＿

E-mail：＿＿＿＿＿＿＿＿＿＿＿＿＿＿＿＿＿＿＿＿